品味生活真谛的亲情故事

读好书系列　彩色插图版

墨 人 ◎ 主编

吉林出版集团股份有限公司

图书在版编目(CIP)数据

品味生活真谛的亲情故事 / 墨人主编. -- 长春：吉林出版集团股份有限公司, 2012.6
（读好书系列）
ISBN 978-7-5463-9665-1

Ⅰ.①品… Ⅱ.①墨… Ⅲ.①儿童故事—作品集—世界 Ⅳ.①I18

中国版本图书馆CIP数据核字(2012)第118347号

品味生活真谛的亲情故事
PINWEI SHENGHUO ZHENDI DE QINQING GUSHI

主　　编	墨　人
出 版 人	吴　强
责任编辑	朱子玉　杨　帆
开　　本	710mm×1000mm　1/16
字　　数	100千字
印　　张	10
印　　数	10001—12000 册
版　　次	2012年6月第1版
印　　次	2022年5月第3次印刷

出　　版	吉林出版集团股份有限公司
发　　行	吉林音像出版社有限责任公司
地　　址	长春市南关区福祉大路5788号
	邮编：130022
电　　话	总编办：0431-81629680
	发行科：0431-81629667
印　　刷	河北炳烁印刷有限公司

ISBN 978-7-5463-9665-1　　　　定价：34.50元

版权所有　侵权必究

前言
QIAN YAN

常言说："亲情、友情、爱情是人之情感世界的三大主题，其中以亲情最为珍贵和恒久。"在岁月流逝中，也许友情和爱情会有所改变，但是亲情永恒不变。无论什么时候，无论在哪里，总有亲情在等待着你、守护着你、温暖着你；无论你犯下多大的错误，无论你多么失败，亲人总会原谅你、劝导你、安慰你，帮助你重新站起来。

亲情是润物的细雨，醉人的春风；亲情是厚重的叮咛，深情的凝望；亲情是一缕阳光，让心灵即便在寒冷的冬天也能感觉到温暖；亲情是一泓清泉，让情感即便蒙上岁月的尘灰也依然清澈澄净。一个人从呱呱坠地到白发苍苍，一生都离不开亲情的呵护和关爱。当然，我们在接受亲情时，也应学会付出和回报。只有这样，亲情之花才会绽放得更加娇艳。同时，亲情也是塑造优秀人格的教科书。

为此，我们选编了这本《品味生活真谛的亲情故事》，旨在引导孩子发现和体验平凡生活中的亲情，从而感受亲情，珍惜亲情。

编者

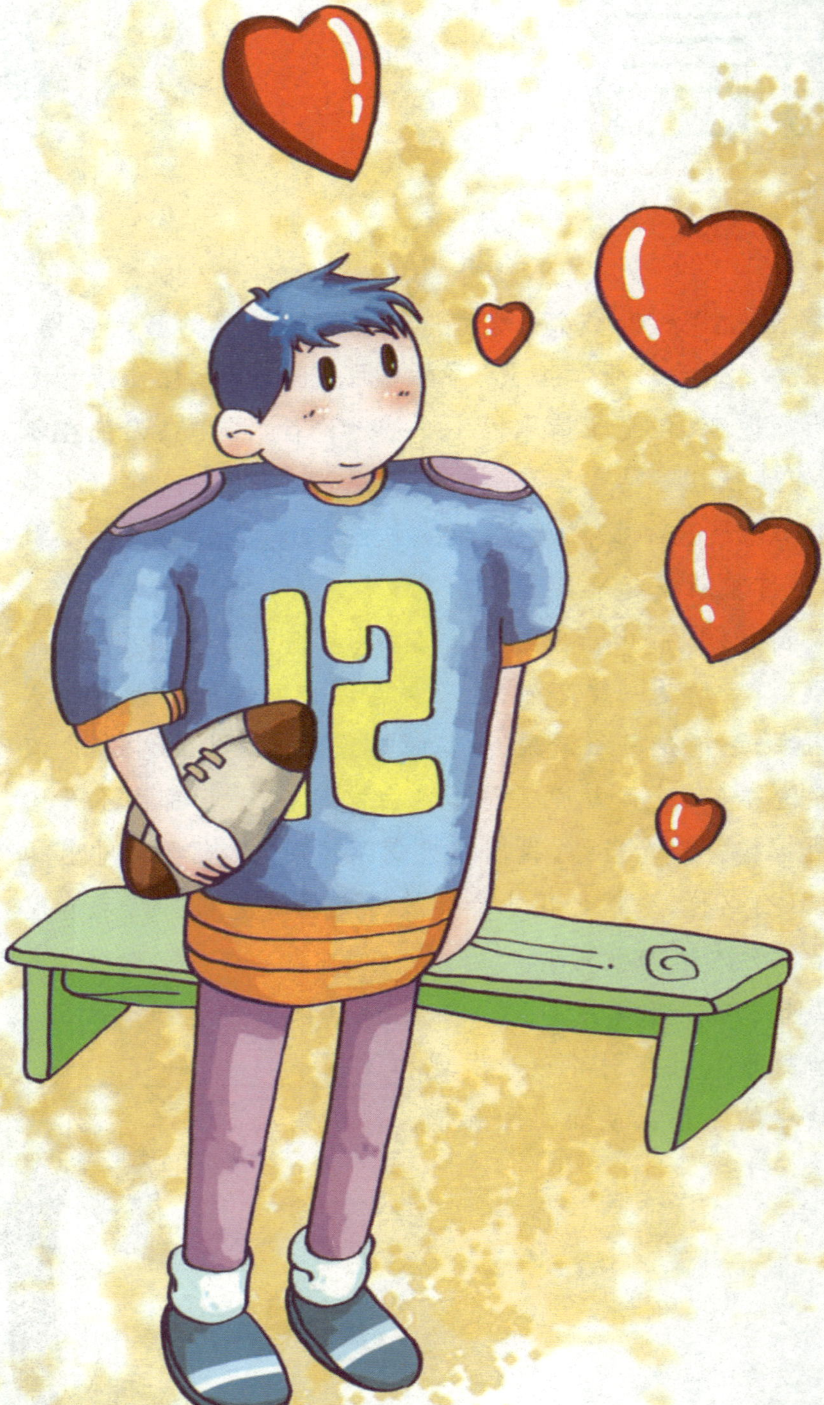
12

目录
mu lu

母爱的力量	1
儿子,你要挺住	3
最珍贵的礼物	6
饺子里包裹着的母爱	8
姐弟情	10
用生命撞击	12
胆小的姐姐	14
沙漠里的母爱	16
最惨烈的爱情	18
感恩	20
母爱的雕像	22
生命之爱	24
向儿子要债的母亲	26
最无私的诺言	28
只要你想	30
无声的磁带	32
父亲的礼物	34
呵护那一点点光	36
一朵玫瑰花	38
妈妈,我不是最弱小的	40
悠悠寸草心	42
做妈妈的妈妈	44
树上的那只鸟	46
对父亲的愧疚	48
第一百个客人	50
天堂里的电话号码	52
世上最美味的泡面	54
母亲的姿势	56
女儿的礼盒	58
床下的秘密	60
壁虎的爱	64
伟大的母爱	66
母亲的作业	68
下跪的母牛	72
我的亲情中药	74
永远的惦念	76

品味生活真谛的
亲情故事

目录 mu lu

妈妈喜欢吃鱼头 … 78
后十名和前十名 … 80
母爱的光芒 … 82
父爱无边 … 84
爱痕 … 86
爱的针法 … 88
我的录音带 … 90
"哄"母亲 … 92
睡在肩头的爱 … 94
最大的心愿 … 96
父亲笑了 … 98
死神也怕咬紧牙关 … 102
最严厉的惩罚 … 104
人人都会变老 … 106
不准打我哥哥 … 108
自己开门 … 110
最贵的项链 … 112
最"笨"的逃生方式 … 114
难忘那双融满深情的鞋 … 118
儿子与母亲的谎言 … 120

父亲与25元钱 … 122
生命时钟 … 124
和父亲掰手腕 … 126
地震中的父与子 … 128
母亲与儿子的账单 … 132
生命的代价 … 134
向父亲说声谢谢 … 136
价值20美金的时间 … 138
因为那是我的孩子 … 140
妹妹留给我的月饼 … 142
一块钱的奇迹 … 144
天堂里的眼睛 … 146
珍藏的父爱 … 150
大爱而弃 … 152

母爱的力量

2008年5月12日14时28分,四川省发生里氏8.0级强烈地震,震中位于阿坝州汶川县。地震发生后,人民解放军迅速奔赴灾区,开展救援工作。

当抢救人员发现她的时候,她已经死了,是被坍塌下来的房子压死的。透过那一堆废墟的间隙可以看到她死亡的姿势:双膝跪着,整个上身向前匍匐着,双手扶着地面支撑着身体,有些像古人行跪拜礼,只是身体被压得变形了,看上去有些诡异。

亲情寄语

求生是人的本能,而在生死一瞬间,伟大的母爱超越了本能,把生的希望留给了孩子,灾难面前,人性的光辉给了每个人前行的力量。

读好书系列

救援人员冲着废墟喊了几声，并用撬棍在砖头上敲了几下，但是里面没有任何回应。其中的一位解放军战士蹲下身子，从废墟的空隙把手伸过去，确认了她的死亡。当人群走到下一个建筑物的时候，救援队长忽然往回跑，边跑边喊："快过来。"他又回到她的尸体前，费力地把手伸进女人的身子底下摸索，他摸了几下，高声地喊："大家快过来，有人，有个孩子，还活着。"

经过一番努力，人们小心地把挡着她的废墟清理开。在她的身体下面躺着她的孩子，包在一个红色带黄花的小被子里，大概有三、四个月大。因为母亲身体的庇护，这个孩子毫发未伤，抱出来的时候，他还安静地睡着，那张熟睡的脸让在场所有的人都感到了温暖。

随行的医生过来解开被子准备做些检查，发现有一部手机塞在被子里，医生下意识地看了一下手机屏幕，发现屏幕上是一条已经写好的短信："亲爱的宝贝，如果你能活着，一定要记住我爱你。"

看惯了生离死别的医生在这一刻落泪了，手机传递着，每一个看到短信的人都落泪了……

品味生活真谛的 亲情故事

儿子,你要挺住

儿子,你要挺住

2008年5月12日14时28分,四川汶川发生里氏8.0级地震。地震发生后,一对父子同时被困在废墟中,彼此只能听见声音。漆黑的长夜,漫长的等待,绝望中,儿子欲拾起手边的玻璃碎片割腕,了却痛苦。一墙相隔的老父亲不停地和儿子说话,鼓励他活下去。电影《世贸大厦》的现实版在什邡市红白镇上演着。

楼房垮塌　父子被困废墟

5月12日下午,地震瞬间摧垮红白镇金河磷矿厂四层宿舍楼。当时,住在四楼的汤明正在卧室睡

亲情寄语

虽然我们是无神论者,但此时我们希望有天堂,我们希望这位坚强而伟大的老父亲在天堂能够看到我们在政府的带领下是如何战胜灾难、重建家园的,我们希望他在去往天堂的路上,能一路走好。

3

觉,父亲和狗正在卧室旁的厕所。巨大的震动让四层楼瞬间"消失"了,父子俩落在了三层废墟中。

27岁的汤明侧躺着被困在两块水泥板的夹缝里,他几乎没有受伤,缝隙有细微空间,他的左手能来回活动。

"有人吗?"震动停止后,汤明使劲敲击楼板,期待有人能听到他的呼救声。

"是小明吗?我在你隔壁。"几十秒后,汤明仔细辨听,认出是父亲的声音。接着,他听到几声狗叫,知道了70多岁的父亲和狗在一起,被困在隔壁的废墟里。

儿子绝望 欲割腕自杀

地震发生后,幸存在外的汤明母亲听到狗叫声,大声喊话后,父子都回答了。母亲知道了丈夫和儿子的位置,但由于没有工具,

无人敢靠近坍塌的楼房,只能等待救援。

红白镇属于地震中心带,地震发生后,水、电、气、通信完全中断。唯一通向外面的一条公路由于公路桥垮塌和泥石流,交通完全中断,救援人员无法立刻到达。

第二个夜晚来临,四周一片漆黑,饥渴交加的汤明内心恐惧万分,他从满怀希望逐渐变得绝望。

"爸,我太饿了,没人会来救我们,我坚持不住了。"绝望中,汤明用可以活动的左手摸到一块玻璃碎片,想割腕来结束痛苦。

儿子获救　父亲倒在废墟中

"小明,你妈知道我们的位置,很快就会有人来的。我这把老骨头都还行,你更要挺住。"黑暗中,父亲急切地说着,之后也时不时和儿子说话、聊天,讲汤明的成长故事,鼓励儿子要坚强些。40多个小时后,救援人员救出了儿子,但是这位坚强的父亲却永远地倒在了废墟中。

最珍贵的礼物

亲情寄语

弟弟对姐姐的这份感情既质朴又感人。朴实无华的文章里流露出来的姐弟之情让人莫名地感动。一支钢笔本身并不贵重,但当它升华为弟弟的一颗真挚善良的心后,就变成了无价的珍宝。

我和弟弟相差十一岁。年龄上的差距让我们姐弟二人有着比普通姐弟更深厚的感情,可以说弟弟是在我的背上长大的。

转眼间,弟弟到了上学的年龄,我也上了高中,寄宿在学校。弟弟很聪明,学习很好,在老师的眼里是一个品学兼优的好孩子。他年年得奖状,被评为三好学生,给父母争得了不少荣誉。

上高三那年,为了备战高考,我常常一个月才回家一次。弟弟说他很想我,每次我回家,他都和我形影不离,甚至吃饭的时候,他都执意要和我坐在一起。有一次,我正收拾东西准备返校,这时父亲想借用我的钢笔写几个字。我把钢笔递给了父亲,父亲拿着我的钢笔在纸上写了好一会儿也没有写出字来。他说:"你的笔不好使啊!"我答道:"这个笔是有点问题,刚写的时候不太好使,写一会儿就好了。"当时弟弟也在旁边,但他什么也没说。这件事就这样过去了,我们大家谁也没太在意。

我高考的日子一天天临近了。一天,我正在

品味生活真谛的亲情故事

教室上自习,同学告诉我说外面有一个小男孩找我。我怎么也没有想到,来找我的竟是我的弟弟。当时正值六月,天气已经很热了。我看着弟弟热得涨红了的小脸,惊讶地说:"弟,你怎么来了?这么远,你是怎么找来的?"弟弟看看我,神秘地笑了一下,然后从他的书包里拿出一个用布包了好几层的小盒子,递到我的手里说:"姐,这是给你的!"我还没明白过来是怎么回事,弟弟就转身走了,边走边说:"一会儿你再看吧,我得赶紧回去了,我是骗咱妈才来到县城的,回去晚了,咱妈该怀疑我了。"

我回到自习室,慢慢地打开了那个用布包裹着的小盒子,里面是一支崭新的英雄牌钢笔。我颤抖着手把它取了出来,下面还夹着一张小纸条,纸条上面整齐地写着:

姐,这是我评三好学生得来的奖品,上次见你的钢笔不好用,我怕你在高考的时候耽误考试,就主动请老师把我的奖品换成一支钢笔。希望你能用这支钢笔考出好成绩。

——小弟

我把弟弟送给我的钢笔紧紧地贴在胸口,眼泪止不住地流了下来。那年高考,我就是用那支钢笔完成了所有的答卷。后来,我顺利地被一所大学录取。如今,这支钢笔仍陪伴在我的左右,它就像是弟弟的一颗心,永远陪伴在我的身旁。

7

读好书系列

饺子里包裹着的母爱

亲情寄语

母爱是最自然、最纯粹、最朴实无华的。不必豪言壮语，也无须矫揉造作，母爱的感召常常流露于生活中的点点滴滴。正在享受母爱的朋友，请珍视母亲对你的关爱，同时也要让母亲知道，你也是爱她的。

从小到大，我都是在母亲的呵护下成长的。转眼间，我已经走上工作岗位，远离了父母，一个人来到了这个陌生的城市。由于工作忙，我一年只能在放年假的时候回一次家。

还记得去年回家的时候，就在我返城的前一天晚上，母亲在厨房里叮叮当当地剁起了饺子馅。父亲问她："你弄这么多馅干嘛，也吃不了这么多饺子啊！"母亲说："我是要给女儿带的，我多包点，冷冻起来,她回去以后不想做饭了就可以煮着吃嘛!"父亲笑着说:"我看你就是多余,大城市什么没有,还怕吃不到饺子?"母亲不作声,仍然不停地在做。我走到厨房,看着母亲一直没有停下来,就撒娇地搂着她的脖子说:"妈,你歇会儿吧,陪我说说话。"母亲笑了笑说:"我要让你吃起饺子就想起你妈!"我不好再推辞,就想帮她一起包,可是她死活不让我干,说明天还得坐一天的火车,让我早点休息。当晚,母亲忙到很晚才睡觉。

第二天,母亲是最早起床的,我醒来时,她已经把早饭做好了。临走时,母亲将一大袋冷冻水饺塞到了我的行囊里,并嘱咐我,到家后马上把饺子拿出来冷冻。我心里十分清楚,饺子不等到家就会全部化掉,但是为了母亲的这份爱,我还是深深地点了点头。

回到北京之后,我第一件事就是把母亲包的饺子拿出来。可是经过了一天的时间,饺子已经全部化开,并且粘在了一起。我顾不得休息,耐心地把粘在一起的一个个饺子全部分开了。看着一个个露出肉馅的饺子,我似乎看到了母亲那一颗滚烫的心和,满满的母爱。

读好书系列

姐弟情

亲情寄语

一个年仅八岁的弟弟能在关键时刻勇敢地为姐姐解围，这足以证明血浓于水的手足之情。这个故事虽然只是生活中的一件小事，可以让人一生都为之感动。

那一年，我的父母双双下岗，让本来就十分拮据的生活雪上加霜。我有一个弟弟，小我三岁。那一年，我十一岁，上三年级，弟弟八岁，刚上一年级。

女孩子总是喜欢一些蝴蝶结、发卡这样的小饰物，和我同龄的女孩子头上都戴得花花绿绿的，当时的我羡慕得不得了，可是对于我家的条件来说，母亲是无论如何也不会答应给我买的。有一次，我实在忍不住，就偷偷地从父亲的口袋里拿了5毛钱，买下了心仪已久的发卡。

没想到，当晚父亲就发现钱少了。父亲手拿一根竹竿，让我和弟弟跪在墙边，主动承认错误。父亲从来没有对我们发过那么大的火，我被当时的情景吓傻了，低着头不敢说话。父

亲见我们都不承认，就吓唬我们说，如果都不承认就两个人一起挨打，说完就扬起手里的竹竿。这时，年仅八岁的弟弟突然抬起头抓住父亲的手大声说："爸，你打我吧，钱是我偷的，不是姐干的！"

父亲手里的竹竿无情地落在弟弟的身上。而当时的我吓得大气不敢出一下，也没能有勇气为弟弟辩解。母亲心疼弟弟，又担心父亲气坏了身体，于是劝父亲停手，扶他回到了屋里。

这时的我才回过神来，看着满身伤痕的弟弟，我的眼泪止不住流了下来，把弟弟紧紧地抱住，抽泣着说："傻弟弟，你怎么可以承认呢？都是姐的错，是我害你受苦了。"弟弟在我的怀里，趴在我的耳边小声说："姐，你别哭了，我是男子汉嘛，替你挨打是应该的，反正我也挨完打了，只要你以后不再做错事，这次挨打还是值得的。"那一年，弟弟刚刚八岁，可在我心目中，他已经是一个可以保护姐姐的小男子汉了。

如今弟弟已经成长为一个真正的男子汉了，这么多年来，也是他时时刻刻在身边保护着我。而当年弟弟替我挨打的事，也一直是我们两个人之间的秘密。

读好书系列

用生命撞击

一个废弃的阁楼好久没人居住了,门和窗户漏了好多洞,破旧不堪。后来主人回到这里,把这个阁楼重新装了门窗。过了几天,主人又来了,他准备把阁楼清扫一下。当他打扫窗台时,发现窗台上到处是血迹,他又往下看,发现窗台下面有一只死了的小鸟,这只小鸟遍体鳞伤,应该就是撞窗致死的。

亲情寄语

孩子可以让母亲不顾一切。即便没有希望,但是为了孩子,母亲都会用尽所有的力量去争取,哪怕是付出生命的代价。

品味生活真谛的亲情故事

　　是什么让这只小鸟不顾一切地往窗户上撞击呢？主人仔细地检查了阁楼，发现靠近窗台的拐角处有一个鸟窝，鸟窝里整整有6只饿死了的雏鸟。

　　主人终于明白了小鸟撞窗而死的原因。由于他关住了门窗，鸟妈妈不能进去喂养自己的孩子，它不能眼睁睁地看着孩子被饿死，于是不顾一切地用自己的身体去撞击窗户，希望能够把窗户撞开。

读好书系列

胆小的姐姐

有一对姐妹,姐姐有些胆小,做什么事情之前都让妹妹先试。妹妹对此总是和她争吵说:"你是姐姐,却总是畏手畏脚的,根本就不像个做姐姐的。"而每次姐姐都是不吱声。

一次,姐妹俩出海,返航时飓风将小艇摧毁,辛亏妹妹抓住了一块木板才保住了两人的性命。妹妹问姐姐:"刚才你怕了吗?"姐姐从怀中掏出一把水果刀,说:"当然怕了,不过要是有鲨鱼来,我就用这个对付它。"妹妹听了,只是摇头苦笑,并在心里责怪姐姐胆小。

不久,一艘货轮发现了她们,正当她们

亲情寄语

危难时刻见真情。凡事胆小的姐姐在危难时刻却做出了如此的壮举,用生命挽救了自己的妹妹,用实际行动证明自己并不是胆小鬼。她是一个真正的、勇敢的大英雄。

欣喜若狂时，一群鲨鱼出现了，妹妹大叫："我们一起用力游，会没事的！"这时，姐姐却突然用力将妹妹推进海里，独自扒着木板朝货轮游去，并喊道："这次我先试！"妹妹惊呆了，她万万没有想到姐姐会如此对待自己。望着姐姐的背影，她感到非常绝望并且心痛。此时的鲨鱼正在向她靠近，可是令妹妹没有想到的是，就在那一刹那，鲨鱼好像对她失去了兴趣，转身径直向姐姐游去。

姐姐被鲨鱼凶猛地撕咬着，她最后看了一眼妹妹，使出了全身的力气向妹妹喊到："妹妹，照顾好爸爸妈妈，告诉他们我不是胆小鬼！"妹妹最终获救了，甲板上的人都在为姐姐默哀，船长坐到妹妹身边说："你的姐姐是我见过最勇敢的人，我们为她祈祷！"此时的妹妹虽然为姐姐的不幸而感到悲伤，但她清楚地记得是姐姐把她推下水的。船长见妹妹不解的神情，又对她说："刚才我一直用望远镜观察你们，我清楚地看到她把你推开后用刀子割破了自己的手腕。鲨鱼对血腥味很敏感，如果她不这样做来争取时间，恐怕你也不会获救……"

读好书系列

沙漠里的母爱

亲情寄语

人类也好，动物也罢，唯有母亲总是默默奉献，不求回报的。生死攸关的时候，她们总是义无反顾地舍弃自我，把生的希望留给孩子。

这是一位在非洲撒哈拉沙漠的旅行者亲眼目睹的真实场景。

在一望无际的大沙漠里，有一只母骆驼带着一只小骆驼艰难地行走着。它们的步伐看上去很疲惫，好像是很久没有喝水了。母骆驼时不时地低着头嗅着脚下的沙子，应该是在寻找水源。

炙热的阳光毫不留情地烘烤着沙漠，也烘烤着这对骆驼母子。母骆驼为了减少阳光对孩子的炙晒，总是随着太阳的移动让孩子走在自己的遮挡出阴影里。

品味生活真谛的 真情故事

　　终于,他们找到了一个半月形的小绿洲,小骆驼看见了泉水,高兴地围着妈妈又蹦又跳。可是当小骆驼靠近泉水时,却发现泉水太浅,自己怎么也够不到泉水,急得小骆驼摇头晃脑。

　　母骆驼也试图帮小骆驼,可是泉水实在太浅了,它们根本就没有办法喝到水。小骆驼沮丧地看着妈妈,母骆驼看着自己可怜的孩子,随后纵身一跃,跳进了清澈的泉水中。

　　泉水涨高了,小骆驼可以喝到泉水了,可是母骆驼的身体却永远沉了下去……

17

读好书系列

最惨烈的爱情

在倒塌的房屋里被困了48小时后，他终于被救灾队员发现。救援者用设备扫描了他所在的位置后，发出了重重的叹息——情况很不乐观，困住他身体的废墟太重了，他的一条腿和一只胳膊被深深地压在石块中，而他的另一只胳膊，正死死抱着一个物体。救援队为难了！

亲情寄语

在生死攸关的时刻，老人奋力保护着自己的老伴，谱写了一曲生命的赞歌。虽然结果是令人遗憾的，老伴在他的保护下依然没能躲过一劫，然而这样的行为，震撼了每个人，让人们深切地感受到了爱的伟大。

为了尽快将他救出废墟，救援队决定给他截肢。千钧一发之际，一位地质专家"从天而降"，仔细勘察后，提出了可以将他全身救出的方案。就这样，将近10个小时的时间里，救援队员一块砖、一块水泥地徒手搬走他身边所有的阻碍。头露出来了！肩膀露出来了！腿露出来了！他的整个身体都露出来了！在抬他离开废墟的一瞬间，现场响起了巨大的欢呼声，很多人流着泪、拍着手……

而他，脸上却没有喜悦。生死关头，这个66岁的老人用尽所有力气把老伴护在怀里，然而他还是没有留住老伴的生命。

在这个被大多数人认为没有爱情的世界里，老人的爱让我们泪流满面。

读好书系列

感恩

那天，因为一点小事，她和妈妈吵了一架。妈妈一气之下，将她赶出门外。她感觉自己受到了莫大的委屈，转身向外跑去，发誓不再回来。她走了很长时间，发觉自己的肚子饿了，开始咕咕地叫个不停。正在这时，她看到前面有个面食摊，里面飘出了诱人的香味。她再也挪不动脚步了。可是，她摸遍了身上的口袋，连一枚硬币也没有。

面摊的主人是一个看上去很和蔼的老婆婆，她看到女孩站在那边，就问："孩子，你是

亲情寄语

有时候，我们会对别人给予的小恩小惠感激不尽，对亲人一辈子的恩情却视而不见。其实，人世间最难报的就是父母恩，愿我们都以反哺之心奉敬父母，以感恩之心孝顺父母！

不是要吃面?"她点点头,"可是,可是我身上没有一分钱。"她有些不好意思地回答。

"没关系,算我请你的。"老婆婆说。

不一会儿,老婆婆端来一碗馄饨和一碟小菜。她满怀感激,刚吃了几口,眼泪就噼里啪啦地掉了下来。

老婆婆见状,关切地问:"怎么了,孩子?"

她擦了擦眼泪,抽泣着对面摊主人说:"我们素不相识,你就对我这么好,愿意煮馄饨给我吃。可是我自己的妈妈,我只跟她吵了几句嘴,她就把我赶出来,不让我回去!"

老婆婆听了,语重心长地对她说:"孩子,你怎么会这么想呢?你想想看,我只不过煮一碗馄饨给你吃,你就这么感激我,那你的妈妈煮了十多年的饭给你吃,你怎么不感激她呢?你怎么还跟她吵架?"女孩听了婆婆的话顿时愣住了。

女孩放下手中的碗,谢过婆婆之后,便开始朝家的方向走去。她远远地就看见自己的母亲正在门外努力地向四周张望着。她的眼泪"唰"地流了下来。

读好书系列

母爱的雕像

有这样一个令人难忘的故事。

美国黄石公园曾经历过一场森林大火，大火过后，护林员开始上山查看灾情。

有位护林员在一棵树下发现了一只被烧焦的鸟。虽然已经死去，但这只鸟却像雕像一般保持着一种姿势。一位护林员感到惊奇，便用树枝轻轻地拨开那只鸟，没想到几只雏鸟从已经死去的母亲的翅膀下钻了出来。

原来，这只慈爱的鸟妈妈知道有毒的浓烟会向高处升腾，为了不让灾难降临到孩子们的身上，它把几只小鸟带到大树底下，用自

亲情寄语

在灾难面前，母亲总会第一个忘记自身的危险，竭尽全力去保护孩子，在必要时甚至可以用自己的生命作为代价。母爱让每一个母亲都如此伟大，即便是一只小鸟。

品味生活真谛的 真情故事

己的翅膀为它们撑起了一个保护伞。

　　鸟妈妈本可以展翅飞走，找一处安全的栖身之所，但是它没有那样做，它不能把自己的孩子丢在大火中。

　　当火苗蹿上来燃烧它的身体时，它坚定地立在那里，一动也不动。因为它下定决心用自己的生命来保护翅膀下的孩子们。

读好书系列

生命之爱

一对夫妇是登山运动员，为庆祝他们儿子一周岁的生日，他们决定背着儿子攀登7 000米的雪山。他们特意挑选了一个阳光灿烂的好日子，一切准备就绪后踏上了旅程。

夫妇俩轻松地登上了5 000米的高度。然而，天气突变，一时间狂风大作，雪花飞舞，气温陡降至零下三四十摄氏度。由于风势太大，能见度不足1米，上山或下山都意味着危险甚至死亡。两人无奈，情急之中发现一个山洞，只好进洞暂时躲避风雪。

亲情寄语

妻子不顾丈夫的阻拦，一次又一次地给孩子喂奶，也一次又一次地消耗着自己的生命。最终，这位伟大的母亲，在5000米高山的风雪之中，用她的生命之爱为她的孩子重新塑造了一次生命，而自己则成为了一尊伟大的雕像。

气温持续下降，妻子怀中的孩子被冻得嘴唇发紫，最主要的是他需要吃奶。要知道，在如此低温的环境下，任何一寸裸露在外的皮肤都会导致体温迅速降低，时间一长就会有生命危险。怎么办？孩子的哭声越来越弱，他很快就会冻饿而死。丈夫制止了妻子几次要喂奶的要求，他不能眼睁睁地看着妻子被冻死。妻子哀求丈夫："就喂一次！"丈夫把妻子和儿子揽在怀中。喂过一次奶的妻子体温下降了两度，她的体能受到了严重的损耗。

　　时间一分一秒地流逝，孩子需要一次又一次喂奶，妻子的体温也在一次又一次地下降。在这个风雪狂舞的5 000米高山上，妻子一次又一次地重复着平常极为简单、现在却无比艰难的喂奶动作。她的生命在一次又一次的喂奶中一点点地消逝。

　　3天后，当救援人员赶到时，丈夫冻昏在妻子的身旁，而她的妻子——那位伟大的母亲则被冻成一尊雕像，她依然保持着喂奶的姿势屹立不倒。她的儿子，她用生命哺育的孩子正在丈夫怀里安然地睡着。他脸色红润，神态安详……

读好书系列

向儿子要债的母亲

每每想到母亲，北野武就头疼，因为母亲总是向他要钱，只要他有一个月没有寄钱回家，母亲就打电话对他破口大骂，像讨债一样，而且北野武越出名，母亲要钱就越凶。这使北野武百思不得其解。

几年前母亲去世了，他回故乡奔丧。回到家，他想到自己多年在外，没有好好照顾母亲，亏待了母亲，不禁悲从中来。母亲虽然总是要钱，但是养育之恩比海更

亲情寄语

我们感叹文中母亲的良苦用心，为了给儿子积攒储蓄，母亲不惜让儿子误会自己，甚至讨厌自己。这是多么伟大而无私的母爱啊！母爱岂是可以用金钱来衡量的，母子之间又何来「债」呢？

深,北野武也就将母亲要钱的事抛到九霄云外,号啕大哭了一场。

"妈妈……妈妈……"北原武哭得非常伤心。

办完丧事,北原武正要离开家的时候,他的大哥把一个包袱给了他,对他说:"妈妈交代我一定要交给你。"北野武伤心地打开包袱,看到一本银行存折跟一封信。

"小武,你收到这封信的时候,妈妈已经不能在你身边了。你们几个兄弟姐妹当中,妈妈最担心的就是你。你从小不爱念书,又爱乱花钱,对朋友太过慷慨,不懂理财。当你说要去东京打拼时,我每天都很担心你。有时半夜惊醒,就向神明为你祈福,怕你在东京变成一个落魄的流浪汉,因此我每月向你要钱,一方面希望可以刺激你去赚更多的钱,另一方面也为了帮你储蓄。"

"我知道,因为这些钱,你讨厌我了,不经常回来看我,我多么痛心……你过去给我的钱,我现在要还给你了……儿子啊,我多么希望能够亲手给你这些钱啊!——你的母亲。"

存折是以北野武的名义开的户头,存款高达数千万日元。

读好书系列

最无私的诺言

男孩与他的妹妹相依为命。父母早逝，妹妹是他唯一的亲人，所以男孩爱妹妹胜过爱自己。

然而，灾难再一次降临在这两个不幸的孩子身上。妹妹染上重病，需要输血。但医院的血液太昂贵，男孩没有钱支付，尽管医院已免去了手术费，但如果不输血，妹妹仍会死去。

作为妹妹唯一的亲人，男孩的血型和妹妹相符。医生问男孩是否勇敢，是否有勇气承受抽血时的疼痛。男孩开始犹豫，10岁的孩子经过一番思考，终于点了点头。

亲情寄语

在年仅十岁的男孩心中，比生命更加珍贵的是兄妹情，是血浓于水的骨肉亲情。这种亲情是最纯洁、最真挚的，它是一种天长地久的相互渗透，是一生一世的相依相偎。

抽血时,男孩安静地不发出一丝声响,只是向着邻床上的妹妹微笑。抽血完毕后,男孩声音颤抖地问:"医生,我还能活多长时间?"

医生正想笑男孩的无知,但转念间又被男孩的勇敢震撼了:在这个10岁男孩的认知里,他认为输血就会失去生命,但他仍然要输血给妹妹。在那一瞬间,男孩所做出的决定付出了一生的勇气,并下定了死亡的决心。

医生的手心渗出汗,他紧握着男孩的手说:"放心吧,你不会死的。输血不会丢掉生命。"

男孩眼中放出了光彩:"真的?那我还能活多少年?"

医生微笑着,充满慈爱地说:"你能活到100岁,小伙子,你很健康!"男孩高兴得又蹦又跳。他再一次确认自己真的没事后,就又挽起胳膊——刚才被抽血的胳膊,昂起头,郑重其事地对医生说:"那就把我的血抽一半给妹妹吧,我们两个每人活50年!"

所有的人都震惊了,这不是孩子无心的承诺,这是人类最无私、最纯真的诺言。

读好书系列

只要你想

亲情寄语

我们无法选择种族、血统，无法选择身体、肤色，但我们可以选择奋斗。正如赖斯的母亲所说，只要你想，并且为之奋斗，你就有可能做成任何大事。

一位黑人母亲带女儿到伯明翰买衣服。一个白人店员拦住女儿，不让她进试衣间试穿，傲慢地说："此试衣间只有白人才能用，你们只能去储藏室里一间专供黑人用的试衣间。"可母亲根本不理睬，她冷冰冰地对店员说："我女儿今天如果不能进这间试衣间，我就换一家店购衣！"女店员为留住生意，只好让她们进了这间试衣间，自己则站在门口望风，生怕有人看到。那情景让女儿感触颇深。

又有一次，女儿在一家店里因摸了摸

帽子而受到白人店员的训斥,母亲再次挺身而出:"请不要这样对我的女儿说话。"然后她对女儿说:"康蒂,你现在把这店里的每一顶你喜欢的帽子都摸一下吧。"女儿快乐地按母亲的吩咐,真的把每顶自己喜爱的帽子都摸了一遍,那个女店员只能站在一旁干瞪眼。

面对这些歧视和不公,母亲对女儿说:"记住,孩子,这一切都会改变的。这种不公正不是你的错,你的肤色和你的家庭是你不可分割的一部分,这无法改变,也无须改变,这没有什么不对。要改变自己的社会地位,只有做得比别人好甚至更好,你才会有机会。"

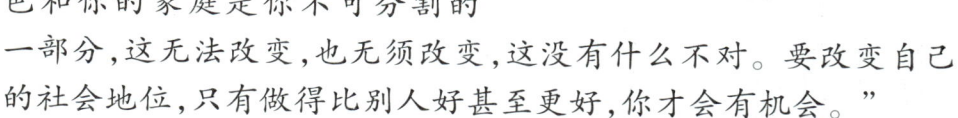

从那一刻起,不卑不屈成了女儿受用一生的财富。她坚信,只有接受教育才能让自己获得知识,才能做得比别人更好;接受教育不仅是她完善自身的手段,还是她捍卫自尊和超越平凡的武器!后来,这位出生在亚拉巴马州伯明翰种族隔离区的黑人女孩,荣登福布斯杂志"2004年全世界最有权势女人"宝座,她就是美国第66任国务卿赖斯。

赖斯回忆:"母亲曾对我说,'康蒂,你的人生目标不只是从白人专用的店里买到汉堡包,而是只要你想,并且为之奋斗,你就有可能做成任何大事'。"

现实是无奈的,但这并不意味着我们就丧失了一切选择的权利。歧视和不公在制造了灰暗的同时,还催生了奋斗。

读好书系列

无声的磁带

在青岛读书的时候，我们寝室里有一位家住济南的同学，他从不给家里打电话。问他原因，他说家里没有电话。我一直都不相信，住在大城市，家里怎么能不安装电话呢？

上次暑假回来，他从家里带回一盘磁带，每天晚上都躲在被窝里听，好几次都哭出声来。我以为那一定是一个凄美的爱情故事，向他借来听，他却说什么都不肯。一天傍

亲情寄语

天下的父母都是这样，宁愿自己吃再多的苦，也不想儿女受一点儿委屈。珍惜这份难得的亲情吧！从此刻开始，尽自己的所能来回报父母，别在有生之年留下任何遗憾。只要心中有爱，不忘亲情，即使你离家再远，亲人的爱都会伴随在你的身边。

晚，我们几个室友趁他不在，从他的枕头下面翻出那盘磁带放进随身听里，可是打开后却没有一点声音，我们几个都很疑惑，他整天晚上躲在被窝里听这一盘空白磁带干什么？

直到毕业前夕，他才告诉了我原因。

原来他的父母都是聋哑人，为了生活，他们拣拾垃圾废品，吃尽了苦，也受尽了别人的白眼冷遇，但为了让孩子能更好地上学读书，父母几乎倾尽了他们的所有，让他这个穷孩子踏进了这所他曾经想都不敢想的高等学府，并且从来没有让他受一点委屈。

他说："我常常想念家中的父亲母亲，是那个无声的小屋和他们真挚无言的爱塑造了今天的我，每逢受到委屈忍不住想爆发，或遭遇挫折而颓废想放弃的时候，父母额头上那深深的皱纹和被别人凌辱打骂而留下的伤疤都会深深地、狠狠地刺痛我的心。我不断鞭策自己，无论如何也不能放弃，有父母在身边，我那点委屈算得了什么？我的努力不为别的，只为在父母还能感受到我心意的时候让他们多笑几次！那次暑假回来，我录下了父母呼吸的声音，听着听着就感觉到他们仿佛在我身边。"

我的心灵刹那间被深深震撼了，亲情无疑是这个世界上最灿烂的阳光。无论我们走得多远、飞得多高，父母的目光总是在我们的身后，我们是他们心中永远牵挂的孩子。

读好书系列

父亲的礼物

著名喜剧演员戴维·布瑞纳出身于一个贫困却很和睦的家庭。在中学毕业时,他得到了一份令他难忘的礼物。

他回忆道:"当时,我的很多同学得到了新衣服,有些富家子弟甚至得到了新的轿车。当我跑回家问我父亲,我可以得到什么礼物时,父亲将手伸进上衣口袋,掏出一样东西,我伸过手去,他让礼物轻轻坠落到我的手上,只是一枚硬币!父亲说:'用这枚硬币买一份报纸,一字不漏地读一遍,然后翻到分类广告栏,给自己找一份工作。到这个世界去闯一闯,它现在已经属于你了。'如今,当我回首我的家庭生活时,我才认识到父亲给予我的礼物是整个世界。"

亲情寄语

一枚硬币看似微不足道,却是孩子一生中收到的最重要的礼物。正是这枚硬币,让一个刚刚走出校门的孩子找到了人生的目标,让他学会了如何生存。这是一个父亲送给孩子最昂贵、最值得珍惜的礼物。

品味生活真谛的

读好书系列

呵护那一点点光

有一天,一个两岁的小孩子看见一只小蚂蚁,孩子正要一脚踩死那只蚂蚁,母亲却柔声地对他说:"儿子,你看它好乖啊!蚂蚁妈妈一定很疼爱它的蚂蚁宝宝呢!"

于是,小孩子就趴在一旁兴致勃勃地看着那只小蚂蚁。小蚂蚁遇见障碍物过不去了,小孩子就用小手搭桥让它爬过去。看着这情景,母亲非常欣慰。

后来,孩子上幼儿园了。有一次,他吃完了香蕉,随手乱扔香蕉皮。母亲让孩子把香蕉皮捡起来,带着他把香蕉皮丢进垃

亲情寄语

也许这个孩子就是你、我、他,也许这位母亲就是你、我、他的母亲。这个聪明伟大的母亲懂得在孩子的缺点中发现那一点点优点,并用无微不至的圣洁母爱,呵护他生命中的一点点阳光。而那一点点不曾被扑灭的光,总有一天会散成满天的星星,变成月亮和太阳,照亮这个我们深爱着的世界。

36

圾箱里。然后,母亲又耐心地给他讲了一个故事:有一个小女孩,在妈妈的熏陶下,她总要把垃圾扔进垃圾箱里。有一次,女孩拾起别人扔在地上的雪糕纸,走向马路对面的垃圾箱,然而一辆闯红灯的汽车飞奔过来,小女孩像一只蝴蝶一样飞走了。她的妈妈疯了,每天都在那个地方捡别人丢下的垃圾。

孩子的眼眶湿润了,他说:"妈妈,我再也不乱扔东西了。"

再后来,孩子上小学了。有段时间,他总是迟到。老师找了他的母亲。母亲没有骂他,也没有打他,临睡觉的时候,她对他说:"孩子,告诉妈妈,为什么那么早出去,却还要迟到呢?"孩子说他在河边看日出,因为太美了,所以他每天都去,看着看着忘了时间,就迟到了。第二天,母亲一早和他一起去河边看了日出。

她感叹地说:"简直是太美了,儿子,你真棒!"傍晚时,他放学回家,看见书桌上有一块好看的小手表,下面压着一张纸条:

因为日出太美了,所以我们更要珍惜时间和学习的机会,你说呢?

——爱你的妈妈

从那天起,他再也没有迟到。

读好书系列

一朵玫瑰花

有位绅士在花店门口停了车,他打算在花店订一束花,请他们送给远在故乡的母亲。绅士正要走进店门时,发现有个小女孩坐在路边哭。

绅士走到小女孩面前问她:"孩子,为什么坐在这里哭?"

"我想买一朵玫瑰花送给妈妈,可是我的钱不够。"孩子说。

亲情寄语

女孩纯真的心灵及对母亲的爱深深打动了绅士的心,同时孩子的行动也给绅士上了生动的一课。最后,绅士决定亲自回家把鲜花献给母亲。对于他的母亲来说,这才是儿子献给她的最好礼物。

绅士听了感到心疼："这样啊……"于是绅士牵着小女孩的手走进花店，先订了要送给自己母亲的花束，然后又给小女孩买了一朵玫瑰花。

走出花店时，绅士向小女孩提议，要开车送她回家。

"真的要送我回家吗？"

"当然啊！"

"那你送我去妈妈那里好了。可是叔叔，我妈妈住的地方，离这里很远。"

"早知道就不载你了。"绅士开玩笑地说。

绅士照小女孩说的一直开了过去，没想到走出市区大马路之后，随着蜿蜒山路前行，竟然来到了墓园。小女孩把花放在一座新墓碑旁，原来她为了给一个月前刚过世的母亲献上一朵玫瑰花，而走了一大段远路。

绅士将小女孩送回家中后，再度折回花店。他取消了要寄给母亲的花束，买了一大束鲜花，直奔离这里有五小时车程的母亲家中，他要亲自将花献给母亲。

读好书系列

妈妈，我不是最弱小的

有一家人在假日里到森林中去游玩，有父亲、母亲、五年级学生托利亚和四岁的萨沙。森林是那么美好，那么欢快，孩子们的父母让他们看看盛开着铃兰花的林中旷地。

林中长着一丛丛野蔷薇。第一朵花开放了，粉红粉红的，芬芳扑鼻。全家人都坐在灌木附近，父亲在看一本有趣的书。突然雷声大作，飘下几滴雨点，接着大雨如注。

父亲把书给托利亚挡雨，托利亚把自己

亲情寄语

这是多么温暖而感人的一幅画面啊！妈妈简简单单的一句话却给了小儿子最深刻的启迪，让他懂得了照顾弱小的生命。此时此刻，暖暖的亲情已经完全融进了林中旷地的雨中……

的雨衣给了妈妈,而妈妈又把雨衣给了萨沙。

萨沙就问妈妈为什么那样做。

"每个人都应该保护更弱小的人。"妈妈回答说。

"那么我为什么保护不了任何人呢?"萨沙问道,"就是说,我是最弱小的人?"

"要是你谁也保护不了,那你就是最弱小的人!"妈妈笑着回答说。

萨沙朝蔷薇丛走去,他掀起雨衣的下部,盖在粉红的蔷薇花上。滂沱大雨已经冲掉了两片蔷薇花瓣,花儿低垂着头,因为它娇嫩纤弱,毫无自卫能力。

"现在我不是最弱小的了吧,妈妈?"萨沙问道。

"是呀,现在你是强者,是勇敢的人了!"妈妈这样回答他。

读好书系列

悠悠寸草心

亲情寄语

为了儿女的幸福，母亲再苦再累也不会有一声怨言，儿女似乎也习惯了母亲的给予。当你理所当然地享受母爱的时候，是否想过也要把自己的爱回馈给母亲呢？

日本一名牌大学毕业生应聘一家大公司，社长审视着他的脸，出人意料地问："你替父母洗过澡擦过身吗？""从来没有过。"青年很老实地回答。"那么，你替父母捶过背吗？"青年想了想："有过，那是我在读小学的时候，那次母亲还给了我10块钱。"在诸如此类的交谈中，社长只是安慰他别灰心，会有希望的。

青年临走时，社长突然对他说："明天这个时候，请你再来一次。不过有一个条件，刚才你说从来没有替父母擦过身，明天来这里

之前,希望你一定要为父母擦身一次。能做到吗?"对社长的吩咐,青年一口答应。

青年虽大学毕业,但家境贫寒。他刚出生不久,父亲便去世了,从此母亲给人做帮佣拼命挣钱。孩子渐渐长大,成绩优异,考进东京名牌大学。学费虽令人生畏,但母亲毫无怨言,继续做帮佣供他上学。直至今日,母亲还在做帮佣,青年到家时,母亲还没有回来。母亲出门在外,脚一定很脏,他决定替母亲洗脚。母亲回来后,见儿子要替她洗脚,感到很奇怪:"脚我还洗得动,我自己来洗吧!"于是青年将自己必须替母亲洗脚的原委一说,母亲表示理解,便按儿子的要求坐下,等儿子端来水盆,把脚伸进水盆里。青年右手拿着毛巾,左手握着母亲的脚,他这才发现母亲的双脚已经像木棒一样僵硬,他不由得搂着母亲的脚潸然泪下。在读书时,他心安理得地花着母亲如期送来的学费和零花钱,现在他才知道,那些钱是母亲的血汗钱。

第二天,青年如约去那家公司,对社长说:"现在我才知道母亲为了我吃了很多的苦,您使我明白了在学校里没有学过的道理,谢谢社长。如果不是您,我还从来没有握过母亲的脚,我只有母亲一个亲人,我要照顾好母亲,再不能让她吃苦了。"社长点了点头,说:"你明天到公司上班吧。"

读好书系列

做妈妈的妈妈

有一次,一家电视台采访一对母女,女孩今年18岁,正是如花似玉的年龄,可是多年前的一次意外导致她重度残疾,只能躺在床上,女孩的母亲则数年如一日地细心照顾着她。

说起母亲对自己的呵护与关爱,女孩几次都哽咽着说不下去。母亲坐在旁边,紧紧握着女孩的手,看见女孩哭,就帮她捋捋头发或是轻轻拍拍她的背。采访快结束的时候,主持人问女孩最大的心愿是什么,说有可能会帮助她实现。

女孩没多想就说:"我有一个最大的心愿,可惜永远实现不了,可是我依然想说出来——我想做我妈妈的妈妈。"

这个心愿确实很新奇,主持人忍不住问为什么。女孩说:"因为如果那样的话,我就可以像母亲照顾自己的孩子一样好好照顾妈妈,就像妈妈照顾我一样——我觉得只有这样才能报答母亲的恩情。"

亲情寄语

一句简单的"我想做我妈妈的妈妈"道出了女孩子对母亲深深的感激之情。女孩子知道母亲对自己无微不至的照顾,自己是一辈子都报答不完的,所以她只有乞求来生,做妈妈的妈妈,来偿还母亲对自己的爱。

品味生活真谛的 柔情故事

读好书系列

树上的那只鸟

夜晚，一位父亲和他的儿子在院子里散步。儿子已大学毕业，在外地工作，好不容易回一趟家。

父子俩坐在一棵大树下，父亲指着树枝上一只鸟问："儿子，那是什么？"

"一只乌鸦。"

"是什么？"父亲的耳朵近来有点背了。

"一只乌鸦。"儿子回答的声音比第一次大，他以为父亲刚才没听清楚。

"你说什么？"父亲又问道。

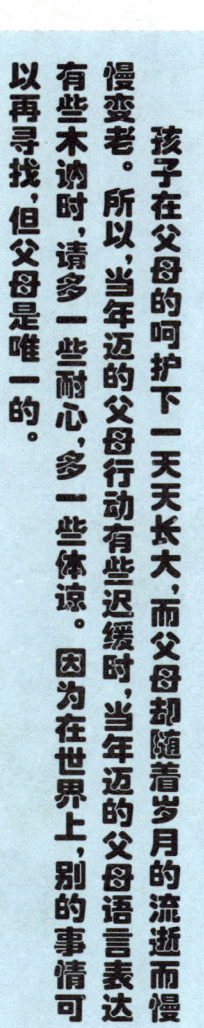

亲情寄语

孩子在父母的呵护下一天天长大，而父母却随着岁月的流逝而慢慢变老。所以，当年迈的父母行动有些迟缓时，当年迈的父母语言表达有些木讷时，请多一些耐心，多一些体谅。因为在世界上，别的事情可以再寻找，但父母是唯一的。

46

"是只乌鸦！"

"儿子，那是什么？"

"爸爸，那是只乌鸦，听到没有，是只乌——鸦！"儿子已经变得不耐烦了。

父亲听到儿子的回答后，没有说一句话。过了一会儿，他突然站起身，慢吞吞地走进屋里。几分钟后，父亲坐回到儿子身边，手里多了一个发黄的笔记本。

儿子好奇地看着父亲翻动着本子，他不知道那是他父亲的日记本，上面记载着父亲日常生活的点点滴滴。父亲翻到25年前的一页，然后开始读出声来："今天，我带着乖儿子到院子里走了走。我俩坐下后，儿子看见树枝上停着一只鸟，问我：'爸爸，那是什么呀？'我告诉他，那是只乌鸦。过了一会儿，儿子又问我那只鸟，我说那是只乌鸦……"

"儿子反复地问那只鸟的名字，一共问了25次，每次我都耐心地重复一遍。很高兴能有这样的机会，我知道儿子很好奇，希望他能记住那只鸟的名字。"

当父亲读完这页日记后，儿子已经泪流满面了。"爸爸，你让我懂得了许多，请原谅我吧！"

父亲伸出手紧紧抱住儿子，布满皱纹的脸上有了一丝笑容。

读好书系列

对父亲的愧疚

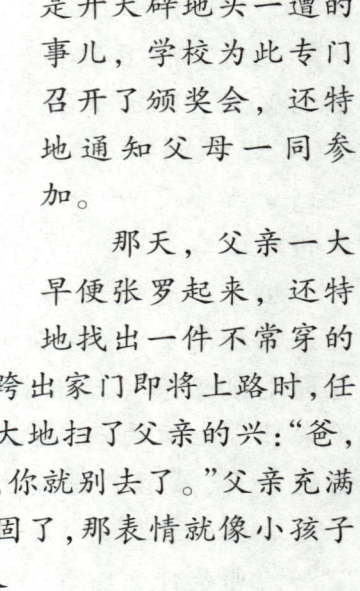

亲情寄语

父爱无言,父爱无边。为了满足孩子的虚荣心,为了不给孩子"丢脸",朴实的父亲宁愿舍弃自己的自尊心,躲在树下与孩子默默分享那激动的一瞬间。

在我心里,总有着一丝对父亲的愧疚。那是我上初二那年,我的作文得了全省中学生作文竞赛一等奖。这在小镇上可是开天辟地头一遭的事儿,学校为此专门召开了颁奖会,还特地通知父母一同参加。

那天,父亲一大早便张罗起来,还特地找出一件不常穿的中山装。可当父亲跨出家门即将上路时,任性又虚荣的我却大大地扫了父亲的兴:"爸,有妈跟我去就成了,你就别去了。"父亲充满喜悦的脸一下子凝固了,那表情就像小孩子欢欢喜喜跟着大人去看电影却被拦在了门外一般,难过又绝望。父亲犹疑思忖了片刻,声音有些颤抖地说:"爸这就不去了。"

看着父亲颓然地回到屋里,我才放心地和妈妈兴高采烈地去了学校。可是,颁奖大会完毕后,有一个同学告诉我:"你和你妈妈风风光光地站在讲台上接受校领导授奖和全校师生羡慕的眼光时,你爸却坐在学校操场一隅的一棵大树下,自始至终注视着这一切呢!"顿时,我的心里涌上一阵酸楚……

虽然这件事过去多年了,可是我每次想起,都不由得觉得惭愧难当。

读好书系列

第一百个客人

中午的用餐高峰时间过去了，原本拥挤的小吃店，客人都已散去，老板正要喘口气翻阅报纸的时候，有人走了进来，那是一位老奶奶和一个小男孩。

"牛肉汤饭一碗要多少钱呢？"老板说："8元"。奶奶迟疑了下，然后坐下来拿出钱袋数了数钱，要了一碗汤饭，热气腾腾的汤饭。奶奶将碗推向孙子面前，小男孩吞了吞口水望着奶奶说："奶奶，您真的吃过午饭了吗？"

"当然了。"小男孩听了就呼哧呼哧地吃了起来，

亲情寄语

天真可爱的小男孩把奶奶对他的爱深深地记在了心里，虽然他没有钱请奶奶吃汤饭，但是他还是想尽办法把那份爱回馈给奶奶。小男孩的执著和对奶奶的爱感动了店老板，于是他最终帮助小男孩完成了他的心愿——请奶奶吃了一碗热腾腾的牛肉汤饭。

奶奶看着孙子，悄悄地咽了咽口水，顺手拿了一块萝卜泡菜含在嘴里慢慢咀嚼。一晃眼工夫，小男孩就把一碗饭吃个精光。

这一切都被老板看在眼里，于是走到两个人面前说："老太太，恭喜您，您今天运气真好，是我们的第一百个客人，所以免费。"说完就将8元钱递给了奶奶。之后过了一个多月的某一天，小男孩蹲在小吃店对面像在数着什么东西，使得无意间望向窗外的老板吓了一大跳。

原来小男孩每看到一个客人走进店里，就把小石子放进他画的圈圈里，但是午餐时间都快过去了，小石子却连50个都不到。

心急如焚的老板打电话给所有的老顾客："喂，你好，很忙吗？没什么事，我要你来吃碗汤饭，今天我请客。"像这样打电话给很多人之后，客人开始一个接一个到来。"81，82，83……"小男孩数得越来越快了。终于，第99个小石子被放进圈圈里。

那一刻，小男孩匆忙拉着奶奶的手进了小吃店。"奶奶，这一次换我请客了。"小男孩有些得意地说。成为第一百个客人的奶奶，让孙子招待了一碗热腾腾的牛肉汤饭。而小男孩就像奶奶之前一样，含了块萝卜泡菜在口中咀嚼着。

"也送一碗给那男孩吧。"老板娘不忍心地说。"那小男孩现在正在学习不吃东西也会饱的道理哩！"老板回答。

吃得津津有味的奶奶问小男孩："要不要留一些给你？"小男孩却拍拍他的小肚子，对奶奶说："不用了，我很饱，奶奶您看……"

读好书系列

天堂里的电话号码

亲情寄语

女儿对爸爸的思念完全融入那个已被注销了的电话号码里。虽然她的爸爸已经不在了，但是她相信远在天堂的爸爸会继续用这个电话号码，与自己保持心灵的沟通。

好友的手机丢了。她趴在桌上哭，眼泪哗啦啦地怎么也止不住。

的确，手机很漂亮，粉红色外壳拴了粉红色的中国结。可是我知道，好友不会仅仅为一个手机而如此伤心。

一个礼拜过去了，我俩一起吃饭，冷不丁，她问我："你相信天堂有电话吗？"

"你打算给我讲童话故事吗？"我笑着问。

"我相信。"她低着头轻轻地说，"我就有一个，可是那个号码和我的手机一起丢失了，那个号码是我在天堂里的爸爸的。"

她父亲一年前死于癌症。

"刚上大学，很多同学都有手机，我没有，同学笑着聚在一起玩手机时，我只能默默走开。爸爸知道后说给我买一部，我们在商场一眼就看中了那部手机，我们都喜欢那种机型和颜色。爸

52

品味生活真谛的

爸说：'就买这个，很像我女儿！'"

对面的她完全沉浸在对父亲的回忆里。

"我的电话簿里第一个号码就是我爸的，有时淘气，我会拨爸爸的手机号，通了响两声就挂掉，阴谋得逞似地笑笑。如果手机占线，我就知道爸爸正忙。"

"手机买了不到一个月，爸就住院了……"

去年，她请了几天假，再来上课时手臂上多了黑色的挽纱。

"爸爸下葬后，我去电信局注销了爸爸的手机号，可我保留了手机里的这个号码。每天睡觉前，我总要拨这个手机号码，那头开始总是忙音。"

"哇，爸爸，你在天堂还要加班吗？要注意休息呀，我睡了，你也要早点睡啊……"

"每天夜深，我会对着忙音说这些话。碰到困难时，我听到忙音觉得那是天堂里的父亲给我的鼓励。过了一段时间，电话那头变成'此号码不存在'。爸爸，你为什么把号码漫游到天上去了呢？你还记得我吗？你的女儿还在想你呢。"

这天晚上我给家里打了个电话，当电话那头响起父亲苍老的"喂"时，我的眼睛突然有了潮湿的感觉。

53

读好书系列

世上最美味的泡面

他是个单亲爸爸，独自抚养一个七岁的小男孩。每当孩子和朋友玩耍受伤回来时，他便因妻子的过世留下的缺憾，而感受尤深，心底不免传来阵阵悲凉。

这是他留下孩子在家，出差当天发生的事。因为要赶火车，没时间陪孩子吃早餐，他便匆匆离开了家门。一路上担心着孩子有没有吃饭，会不会哭，老是放心不下。即使抵达了目的地，他也不时打电话回家。可孩子总是很懂事地告诉他

亲情寄语

当爸爸知道那被弄翻在棉被里的泡面是儿子留给自己的晚餐时，他才知道自己错怪了孩子，并为自己的鲁莽深深地自责。那裹在棉被里的岂止是一碗泡面，更是儿子对父亲的一颗关爱的心啊！

不要担心。然而，因为心里牵挂不安，他便快速处理完事情，踏上归途。回到家时孩子已经熟睡了，他这才松了一口气。旅途的疲惫，让他全身无力。正当他准备睡觉时，突然大吃一惊：棉被下面，竟然有一碗打翻了的泡面！

"这孩子！"他在盛怒之下，朝熟睡中的儿子的屁股，一阵狠打。"为什么这么不乖，惹爸爸生气？你这样调皮，把棉被弄脏，要谁给洗？"

这是妻子过世之后，他第一次体罚孩子。"我没有……"孩子抽抽噎噎地辩解着，"我没有调皮，这……这是给爸爸吃的晚餐。"

原来孩子为了配合爸爸回家的时间，特地泡了两碗泡面，一碗自己吃，另一碗给爸爸。因为怕爸爸那碗面凉掉，所以放进了棉被底下保温。

爸爸听了，一语不发地紧紧抱住孩子，看着碗里剩下的那一半已经泡涨的泡面："啊！孩子，这是世上最美味的泡面啊！"

读好书系列

母亲的姿势

这是一个真实的故事。

他们住在一套用木板隔成的两层商铺里。母亲半夜起床上厕所，突然闻到一股浓浓的烟味，便意识到家中出事了。等丈夫从梦中惊醒时，楼下已是一片火海。全家两个女儿、三个儿子，以及两个雇工都被困在大火中。

孩子们被叫醒后，个个如受惊的小兔子，聚拢到母亲身边。幸好阁楼上的天花板只有一层，砸开它，就可以攀上后墙逃生。绝望之余，父亲带着两个雇工砸开天花板，并第一个抢先翻过墙头。

父亲出去后，再也没回来，他只顾呼唤邻居救火。高墙里面，大火离母亲和五个孩子越来越近

亲情寄语

烈火中的母亲在母爱的驱使下拼尽了最后一丝力气，将儿女们托举过墙头，脱离了危险，自己却再也没有力气逃窝，最后葬身于火海之中。最让人感动的是，就在母亲即将被大火吞噬的一刹那，她心里想着的仍然是把孩子们举得高些，再高些……

了。五个孩子中，最高的也只有一米五左右，而围墙有两米多高，他们没有一个人能够单独攀上去。幸运的是，墙头上有一个雇工留了下来。他一手抓紧房顶横梁，另一只手伸向墙内的母亲和孩子。

"别怕，踩着妈妈的手，爬上去！"母亲蹲在地上，抓牢大儿子的脚，大儿子用力一蹬，抓住雇工的手攀上墙头翻身脱离了险境。用同样的办法，母亲把二儿子和小儿子一一举过了墙。

此刻，火舌已舔到脚掌，母亲奋力抓起二女儿。此时，她的力气已经用尽，浑身不停地颤抖。大女儿急中生智，协助妈妈把妹妹举过了墙。火海中，仅剩母亲和大女儿，大火已卷上了她们的身体，烧着了她们的衣服。大女儿哭着让妈妈离开，但母亲坚决地将大女儿拉了过来，拼尽最后一口气，将大女儿托过墙头。当雇工再次把手伸向母亲的时候，她竟然连站立的力气也没有了。转眼间，便被大火吞没了。墙外，五个孩子声泪俱下地捶打着墙，大声喊着"妈妈"。而墙内的母亲再也听不见了，永远地闭上了眼睛。

消防人员赶到后，用了20分钟便将大火扑灭。人们进去寻找这位母亲，看到了极为悲壮的一幕：母亲跪在阁楼内的墙下，双手向上高高举起，保持着托举的姿势。

这个故事就发生在深圳，人们也将永远铭记这位英雄母亲的名字——卢映雪。

读好书系列

女儿的礼盒

亲情寄语

事实上，我们每个人，都已经收到了这样一份礼物，有着非常珍贵的包装和内涵。这就是我们的家庭、朋友给予的无私的爱它。世界上没有什么东西比爱更珍贵，更值得收藏。

一个母亲惩罚了自己5岁的女儿，因为她把一整卷精美又昂贵的包装纸剪坏了，是那种很少见的金色包装纸。

当看到女儿把用这卷包装纸包好的礼物盒放在圣诞树底下时，想起家里极不稳定的收入，这位母亲越发生气了。不管怎样，在圣诞节那天早晨，女儿还是把她精心用金

色包装纸包好的礼物送给了妈妈:"妈妈,这是给您的礼物。"很显然,妈妈这时因为前一天生气的举动而十分尴尬,当她打开礼物时,却发现里面空空如也。

她非常生气,一把将女儿拽过来,皱着眉头高声说道:"难道你不知道,送别人礼物时应该在盒子里装上东西吗?"女儿很委屈,噙着眼泪对妈妈说:"不,妈妈,这个盒子不是空的。我把它包上之前,在里面装了满满的吻。"

妈妈呆住了,她走近女儿,慢慢蹲下身子,紧紧地把女儿抱在怀里,说:"对不起,原谅妈妈好吗?是妈妈错了。妈妈不该这么生气,这么粗鲁地对你。"

之后不久,一次可怕的事故夺去了女儿的生命,而这位母亲一生都把这只金色的盒子摆在床头。每当面对非常棘手的问题或是缺乏勇气的时候,她就会打开这只盒子,想像自己正接受女儿的吻。

读好书系列

床下的秘密

亲情寄语

生病的女儿为了不让母亲担心,为了成全母亲的爱意,向母亲撒了一个善意的谎言,因为她知道,此时母亲最大的心愿就是能为自己做点事。这个谎言是美丽的,因为在这个谎言的背后,珍藏了一份沉甸甸的爱。

母亲病了,住进了医院。远在故乡的外婆知道了,立即从千里之外的南方小城焦灼地赶来看望母亲。母女俩阔别已久,在病床前见面时,居然相拥而泣,惹得旁人也被感动得掉了眼泪。

外婆开始不停地嘘寒问暖,手也不停地交互揉搓着,可见她心中的急切。她问母亲:"你到底感觉如何,气色怎么这么不好?"

母亲微笑着说:"感觉还好,就是没有什么食欲。"

外婆急了,说:"孩子,不吃东西怎么行呀?你想想到底想吃点什么?"

母亲笑了笑说:"其实我就想吃你包的芹菜饺子了。"

外婆顿时微笑起来,仿佛找到了治病的良方,拍膝而起,说:"好!我去给你包,你小的时候最喜欢吃的就是芹菜饺子!"说完便起身拉我回家和面包饺子去了。

在家里和面包饺子的时候,外婆不让我插手。我在厨房门口,悄悄看着,外婆包得极为细心,边包边流泪,看得我思绪万千。

饺子包好后,外婆把个个饱满鲜香的饺子装进保温饭盒,拉着我就匆匆出门了。外婆一路上走得很急,颤颤巍巍的,我知道她一定是怕饺子凉了!

到医院的时候,母亲见着饺子就高兴起来。她仿佛已经馋很久了,连忙伸手去接,却忽然想起自己的手脏,于是要外婆去打点水回来洗手,外婆自然起身去了。刚去一会,母亲又对我说:"儿子,这里离卫生间有点儿远,去帮外婆端水。"于是我也去了。

读好书系列

把外婆接回来的时候,我们看见母亲已经吃开了。母亲笑着说:"嘴巴实在馋了,干脆就这么吃了。"我看母亲的饭盒,里面只剩两三个饺子了。外婆说她还是那样嘴馋,脸上却浮起笑容,因为母亲终于还是吃下东西了。

接下来的几餐,母亲虽然病情没有好转,但食欲变好了,总是把外婆包的饺子吃个精光。

第二天晚上,我留下来陪母亲。母亲在一旁看书,我坐在桌前写东西。这时,一个不小心,笔掉在了地上,滚进了母亲的病床底下,我伸手去摸,却意外地摸到一袋东西。拖出来一看,我满脸惊讶,竟然是一大袋饺子。母亲看了,叫我塞回去,红着脸说:"待会儿你拿去扔了,不要让外婆看见了。"

我问:"饺子你都没吃呀?"

母亲叹气说:"我一点儿食欲都没有,哪吃得下呀?不要让外婆知道了,她知道我没有吃,会很担心的。"

"你没食欲,那你还叫外婆包饺子干什么?"

"你外婆千里迢迢来照顾我,要是帮不上忙,眼睁睁地看我生病,会很伤心的。"

我顿时被母亲的话震撼了。原来母亲让外婆包饺子却又用心良苦地藏起来,只是为了成全老人的一番爱意,减轻老人得担心而已。

我提着一袋沉甸甸的饺子来到病房后院,扬手一挥,饺子隐没在垃圾箱里。秘密已经被我藏起来了,但是我知道,有一种沉甸甸的深藏心底的爱意,永远挥之不去。

品味生活真谛的 真情故事

读好书系列

壁虎的爱

亲情寄语

是爱和亲情让困在墙壁里的壁虎有勇气活了10年,是爱和亲情让它的亲人执着地喂了它整整10年。这种爱是伟大的,是令人震撼的。

这是发生在日本的一个真实的故事。

有一个人为装修房屋拆开了墙壁。日式住宅的墙壁是中间架了木板后,两边批上泥土,里面是空的。

他拆墙壁的时候,发现一只壁虎被困在那里,一根从外面钉到里面的钉子钉住了那只壁虎的尾巴。那人觉得又可怜又好奇,仔细看那根钉子,他很惊讶,因为那是10年前盖房子时钉的。到底怎么回事?那只壁虎竟困在墙

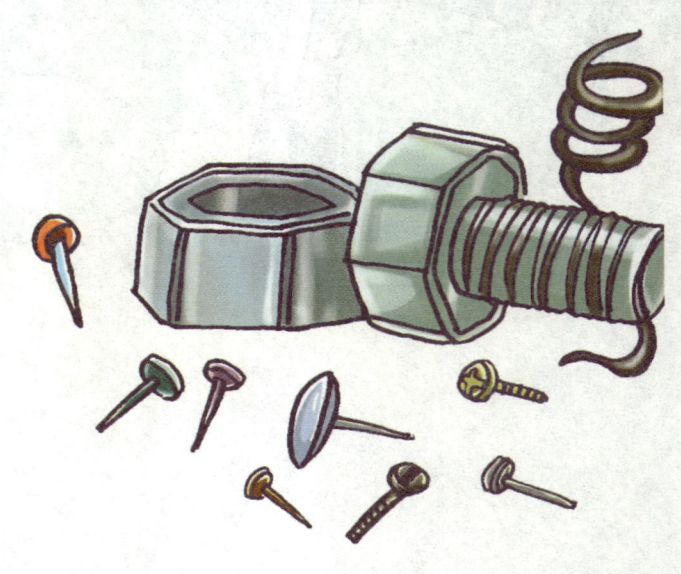

壁里整整活了10年！在黑暗的墙壁里生活10年,真不简单！

尾巴被钉住了,这只一步也走不了的壁虎到底吃了什么让它活了10年？

那人暂停了工程。"它到底吃了什么？"

过了不久,不知从哪里又爬来了一只壁虎,嘴里含着食物……

是爱！那无比高尚的爱！那生死不变的爱！为了被钉住尾巴不能走动的壁虎,另一只壁虎这10年里一直在喂它,那只壁虎是母亲、父亲、夫、妻还是兄弟,我们不知道,也不一定要知道,但这爱是无法忽视的。

我听到这件事,也深深地被那种爱的力量感动了！

读好书系列

伟大的母爱

那年,小弟因为受伤住进了医院,我去陪护。同病房有一个女孩,她是因为车祸进来的,自住进来的那天起,她就一直昏迷不醒。

女孩在昏迷中不时地喊着:"妈妈,妈妈!"

女孩的爸爸手足无措地坐在病床前,神色凄楚地看着女儿痛苦地挣扎,不知该如何帮助女儿,只是不停地哀求医生:"救救我女儿,救救我女儿!"

他不知道,医生该用的药都已用了,而有时候病人也是要自救的,能不能活下来,要看她是否充满生的渴望。

亲情寄语

是啊,我们每一个脆弱的生命,不都是在母爱的呵护、牵引下坚强起来的吗?母爱的力量就是我们生的力量啊!我在感叹母爱伟大的同时,更加钦佩那位年轻的护士奉献母爱的勇气。

一位年轻的护士问那个男人："女孩的妈妈呢？你为什么不叫她妈妈来？"男人埋下头，低声地说："我们离婚很久了，我找不到她。"

护士皱了皱眉，然后默默地坐下来，轻轻握住女孩冰冷的手，柔声说："女儿乖，妈妈在，妈妈在。"

男人抬起头，吃惊地看着护士，少顷，泪流满面地："谢谢，谢谢！"

女孩唤一声妈妈，护士就答应一声。虽然护士与那个女孩差不多年龄，还没结婚。

女孩像落水者抓到了一根稻草般死死攥住护士的手，呼吸慢慢平稳下来。

在以后的日子里，那位护士像女孩真正的妈妈那样，寸步不离地守在女孩病床前，握着她的手，跟她说话、讲故事、轻轻地唱歌……直到那个女孩完全醒过来。医生说："她能苏醒是个奇迹。"女孩说："我感觉到妈妈用一双温暖的手，一直牵着我，一直牵着我，把我从一个黑黑的冰冷的井里拉上来……"

人们把赞扬的目光投向那位充满爱心的护士，护士的脸微微红了说："我记得一句名言，母爱可以拯救一切！"

读好书系列

母亲的作业

亲情寄语

病重的母亲在学写儿女名字的时候,似乎忘记了病痛,因为在她写下的每个名字里,都倾注了自己深深的爱。母亲的心里想的永远是儿女,而往往把自己忽略掉。所以在她离开人世的最后一刻,她写下的是儿女们的名字,她要把自己最后的爱留给他们。

驱车从千里之外的省城赶回老家,杨帆直奔县人民医院。

"我母亲得了什么病?严重吗?"他急切地问主治大夫。

大夫看看他说:"胃癌晚期。老人的时间不多了……"杨帆顿时泪如泉涌。

出了诊室,杨帆立即用手机通知副手,从今天起由他全权负责公司事务。杨帆要在母亲最后的日子里陪伴在她身边。

父亲早逝,为拉扯他们兄妹四个长大,母亲受了千辛万苦。母亲的腹痛是从两年前开始的,杨帆兄妹曾多次要带母亲到省城医院检查,每次母亲都说:"不就是肚子痛吗,检查个啥,吃点药就好了,妈可没那么娇气!"母亲总是这样,生怕拖累儿女,生怕影响儿女们的工作。

杨帆开始守在母亲的病床边。母亲每天都要遭受病痛的折磨。杨帆想方设法转移母亲的注意力,来减轻母亲的痛苦。他跟母亲

聊天,给母亲讲一些有趣的事情,用单放机让母亲听戏……

有一天,杨帆陪母亲闲聊时,母亲忽然笑道:"你兄妹四个都读了大学,你妹妹还到美国读了博士,可妈连自己的名字都不认得,竟然也过了一辈子。想想真是好笑……"

杨帆脑海里立刻跳出一个念头,就对母亲说:"妈,我现在教你认字写字吧!"

妈笑了:"教我认字?我都快进棺材的人了,还能学会?"

"你能,妈。认字写字很简单的。"

杨帆就找出一张报纸,教母亲认字。

他手指着一则新闻标题上的一个字,读:"大。"

母亲微笑着念:"大。"

他手指着另一个字:"小。"

母亲微笑着念:"小。"

病房里所有的人都向这一对母子投来了惊讶和赞许的目光。

隔了几天，杨帆还专门买了一个生字本、一支铅笔，手把手地教母亲写字。母亲写的字歪歪斜斜，可是看起来很祥和、很温馨。

当然，母亲每天最多只能学会几个最简单的字。可是母亲饶有兴趣地让杨帆教她写他们兄妹四人的名字，写那几个字时，母亲都是满脸灿烂的笑容，不像一个身患绝症的人了。

一个月后的一个深夜，母亲走了。那个深夜，杨帆太累了，趴在母亲的床边打了个盹儿，醒来时，母亲已悄然离开。

母亲是面带微笑走的。母亲靠在床上，左手拿着生字本，右手握着铅笔。泪眼朦胧的杨帆看到，母亲的生字本上歪歪斜斜地写着这样一些汉字"杨帆杨剑杨静杨玲爱你们"。"爱"字前边，母亲涂了好几个黑疙瘩。

母亲最终还是没有学会写"我"字。

品味生活真谛的 亲情故事

读好书系列

下跪的母牛

亲情寄语

所有的母爱，其实表达起来都是这样简单，没有做作，没有张扬，有的只是极其普通却又撼人心魄的细节！有什么语言能够代替那神圣的一跪呢？

有一个屠户从集市上买来一只牛，这只牛体格健壮，肚大腰圆。屠户满心欢喜地把牛牵回家，认为它能让自己赚一笔不少的钱。

正当屠户提刀准备开宰的时候，他发现这只牛的眼睛里噙满了泪水。屠户知道，牛是通人性的，它已经预感到自己的命运了，但屠户还是举起了刀子。

突然，牛两条前腿"扑通"跪下，泪如雨下。屠户从事屠宰业已经十多年，倒在他刀下的牛不计其数，在临死前掉泪的

牛他也见得多了，但牛下跪还是第一次见到。屠户来不及多想就手起刀落，鲜红的血顿时从牛的脖子里汩汩流出，然后他照例对牛剥皮开膛。

打开牛的腹腔时，屠户一下子惊呆了，手中的刀"咣当"落地——在牛的子宫里，静静地躺着一只刚长成形的牛犊。屠户这才知道，牛为什么双腿下跪，它是在为自己的孩子苦苦哀求啊！

屠户沉思良久，第一次没有把牛拉到市场上去卖，而是把母牛和那只还没出生的牛犊，掩埋在旷野之中。

读好书系列

我的亲情中药

亲情寄语

中药虽然是苦的，但它浸透着浓浓的亲情，人世间有什么比亲情更甜蜜、更幸福呢？

都知道中药是苦的，而现在很少有年轻人能吃得了那份苦。前几天，我吃了几副中药，那苦苦的滋味是真的不好受。幸好不用自己熬，因为有母亲。

我每天回到家里，刚走进楼道就嗅到一股浓浓的药味。打开家门，看到母亲正在药锅前，专注地熬着那份药，也许有人熬药也是一种幸福吧！

药熬好了，喝药对我来说却是一件难事，想想那苦苦的味道，真不知道怎么才能咽到肚子里。每天晚上，母亲都要把药端到我面前，并把早已剥好皮的糖块放到桌子上，一遍又一遍

地劝我吃，那神情就像在哄一个三岁的孩子。而我面对中药有一种恐惧，每次定会让母亲再热一次。

当然，更可恶的是早上起来也要喝中药。清晨六点，奶奶就早早地起来把药热好，然后把我叫醒，让我吃完药再睡。一向嗜睡的我怎会轻易起来，于是奶奶便左手拿着药碗，右手拿着水杯坐在我枕边等我起来。慢慢地，药变凉了，水也变凉了，奶奶又去热，热完了再这么端着坐回到我枕边。我压根儿不愿意吃药，更不相信吃完中药会舒服到哪里去，之所以肯喝药是不忍心看着奶奶就那样端着。

就这样一副又一副地吃药，一天又一天地接受着母亲和奶奶两个人的轮番"轰炸"。当吃最后一副药时，正好赶上假日，于是看着母亲熬药，也知道了原来母亲每次熬药都要在那里站上两个多小时，寸步不离。我几次要自己熬，母亲都不肯。

药终于熬好了，又该吃药了。我看着这最后一副药，真是百般滋味。母亲和奶奶一同看着我喝药，这一刻，我觉得我是幸福的。也是在这一刻，我又想起了母亲把糖剥好等我吃药的情景，想起了奶奶早早地起来端着药碗和水杯默默坐在我床边的情景。就这样慢慢地品味着，品味着这苦苦的中药和甜甜的亲情，再也不觉得苦了……

读好书系列

永远的惦念

一个朋友曾经和我讲了他和他母亲的故事。

母亲辛苦劳累了一辈子,将四个儿女拉扯长大,儿女们都过上了好日子,母亲却因年事过高而得了老年痴呆。

母亲和小儿子住在一起,大儿子平时做生意比较忙,所以只能抽空回家去看看老母亲。大儿子每次在回家的路上,都会提前给家里打个电话。母亲听家人接完电话说老大要回来就会格外精神,但她已糊涂,并不知道"老大"是谁。等了好久仍不见老大上楼,母亲就要穿上衣服到楼下去接,不管天气有多冷。

到了吃

亲情寄语

母亲虽然头脑痴呆,已经忘了他是自己的儿子,但是那种骨肉亲情却潜意识地存在于她的内心深处。人世间有一种爱是与生俱来的,那就是母爱。

76

饭的时候，母亲总会把自己的椅子搬到大儿子的旁边，挨着他坐下来，然后时不时地往他的碗里夹一些鱼和肉，用亲切的目光看着他把所有的东西吃下去。家人看到这种情景总会问："你给他夹菜，你知道他是谁吗？"母亲连头也不抬，说："我不知道他是谁，可我知道他和我亲。"

吃完饭，母亲便用盆在饮水机旁接一些热水，然后端到老大面前，让他一边泡脚，一边看电视。母亲也许不知道用饮水机里的纯净水洗脚会很浪费，但是她知道用热水给他泡脚会很舒服。

大儿子要回家了，母亲总会把自己过时的老围巾拿出来围在大儿子的脖子上，嘴里还不停地唠叨要他多穿点儿。虽然大儿子坐在车里并不冷，但是他从不拒绝母亲的围巾。他知道，那是母亲的一片心，虽然母亲并不知道自己是她的儿子。

大儿子隔一段时间不回家，母亲就会对家人念叨："以前常来咱家的那个胖子怎么不来了？你们给他打个电话，让他来咱家吃饭。"

这就是母亲，即便头脑痴呆，但是她的心会永远惦念自己的儿子，惦念与自己血肉相连的人。

读好书系列

妈妈喜欢吃鱼头

在我依稀记事的时候，家中很穷，一个月难得吃上一次鱼肉。每次吃鱼，妈妈先把鱼头夹在自己碗里，将鱼肚子上的肉夹下，极仔细地挑去很少的几根大刺，放在我碗里，其余的便是父亲的了。当我也吵着要吃鱼头时，她总是说："妈妈喜欢吃鱼头。"

我想，鱼头一定是很好吃的。有一次父亲不在家，我趁妈妈盛饭之际，赶忙夹了鱼头到自己的碗里，吃来吃去都觉得没有鱼肚子上的肉好吃。

那年外婆从江北来到我家，妈妈买了家乡

亲情寄语

母性让每一个做了母亲的女人都变得如此伟大。当她的生命里又多了一份牵挂的时候，她便习惯了把最好的东西留给属于她的另外一个生命。她感觉，这样她才是幸福的。

很金贵的鲑鱼。吃饭时,妈妈把本属于我的那块鱼肚子上的肉,夹进了外婆的碗里。外婆说:"你忘了啦?妈妈最喜欢吃鱼头。"外婆眯缝着眼,慢慢地挑去鱼肉里那几根大刺,放进我的碗里,并说:"孩子,你吃。"接着,外婆就夹起鱼头,用没有牙的嘴,津津有味地嘬着,不时吐出一根根小刺。我一边吃着没刺的鱼肉,一边想:"怎么妈妈的妈妈也喜欢吃鱼头?"

29岁,我成了家。生活好了,我和妻子经常买些鱼。每次吃鱼,最后剩下的,总是几个无人问津的鱼头。

而立之年,喜得千金。转眼女儿也能自己吃饭了。有一次午餐,妻子夹了一块鱼肚子的肉,极麻利地挑去大刺,放在女儿的碗里,自己却夹起了鱼头。女儿见状也吵着要吃鱼头,妻子说:"乖孩子,妈妈喜欢吃鱼头。"谁知女儿说什么也不答应,非要吃不可。妻子无奈,好不容易从鱼腮边挑出点没刺的肉来,可女儿吃了马上吐出,连说不好吃,从此再不要鱼头了。从那以后,每逢吃鱼,妻子便将鱼肚子的肉夹给女儿,女儿也总是很艰难地用汤匙切下鱼头,放进妻子的碗里,很孝顺地说:"妈妈,您吃鱼头。"

后来,我悟出了一个道理:女人做了母亲,便喜欢吃鱼头了。

读好书系列

后十名和前十名

亲情寄语

面对孩子糟糕的成绩，明智的父亲没有选择打骂或责罚，而是给予更多的微笑和鼓励。父亲的微笑使懵懂无知的孩子找到了自信，父亲的微笑成了孩子奋发向上的最大动力。

父亲的微笑是我成长中的阳光。

那年我13岁。相比同龄人，我似乎有些晚熟。已经是一名初中生的我，依然是那样天真顽劣，不解世事，甚至不知道学习和考试对我来说是何等重要。别人跟我说要努力学习才能考上大学，我还直嘀咕："考大学，那不是高中生的事吗？"

进初中后的第一次阶段考试结束了，老师将在家长会上公布成绩和排名。自然，所有的家长都期盼自己的孩子能考出一个理想的成绩，我的父亲亦是如此。

家长会结束后，我站在教学楼门口等父亲。从人群中，我很容易就找到了父亲，因为只有他脸色灰暗，紧闭着双唇。我仰着头，

读不懂别的家长脸上的欢乐,也读不懂父亲那紧锁的眉头,只是感到忐忑不安。没有了往日的嬉笑,我一言不发地随着父亲走出了校园。父亲好像也发现了什么,半晌,他拉着我坐在学校旁边的一个花坛边,展开了那张成绩单。父亲用他那粗大的手指从成绩单最后面开始指,轻声念道:"一、二、三……十,第十名就是你,要是从前面数过来是不是更好?现在你处在中游,如果能到这个位置多好!"他用手指着前十名的地方,微笑地看着我。我用力点点头,虽然还不理解中游、上游是什么,但在父亲温暖的微笑中我做了承诺。我明白了我应该把考卷上的问题都答对;我也明白了我不应该在考卷上乱画;我还明白了我现在很好,但前十名更好。在父亲的微笑中,我也开心地笑了,好像已经得到了前十名似的。那天,我还得到了一盒平时难得的冰淇淋,这是父亲的奖励。

　　在父亲的微笑中,我找到了自信。时间随着不倦的学习渐渐流逝,我不仅如愿以偿地进入了前十名,还在为争取最前面的位置而努力学习。我已经知道:第一,最好。我真正懂事以后,想起那天对父亲来说是一个多么大的打击啊!假如他当众在被老师挖苦后的盛怒之下,将不明事理的我责打一顿,我稚嫩的心也许会留下阴影,也许会因此永远停留在后十名,永远体验不到第一的感觉。

　　而今,无论我受到什么挫折,总会想起父亲那温暖的微笑,那粗大的手指,还有那富有磁性的声音:"一、二、三……十,第十名就是你,要是从前面数过来不是是更好……"

读好书系列

母爱的光芒

亲情寄语

无论你离家多久、多远，母亲对你的那份牵挂是永远不变的。即使夜再黑、路再长，有母亲心中那盏灯时刻为你照亮，那么所有的恐惧和疲惫，此时都将化为你前进的动力。

我老家的房子在镇上一条小巷的尽头。那是一条窄窄的、长长的小巷，而且路面高低不平，遇上雨雪天气，整个巷子都会泥泞不堪，十分难走。如果是夜晚行走，那就更是只能摸索前行。

进入中学以后，我们每天都得上晚自习。回家的时候，已是夜深人静，家家户户门前的灯火也早已熄灭了，留给我的只有寂静的夜色和黑暗的小巷，还有高低不平的路面。不过，每当我结束了一天的学习，拖着疲惫不堪的身子走到巷口的时候，我家门前的那只100瓦的大灯泡准会亮起来。明晃晃的灯光从小巷尽头直射过来，一下

子卷走了我眼前的黑暗，也驱走了我心中的恐惧和埋怨。

就这样日复一日，年复一年，母亲的灯光，母爱的光芒，每晚都会准时亮起来，温情地照亮我前进的道路。那灯光整整照了我三年，它总是默默地，以一种沉静的姿态，执着而又宁静。

后来，我离开了家乡的小镇，也离开了母亲的灯光，开始独自在外面闯荡。当我渐渐适应了黑暗以后，也就淡忘了母亲那守候我归家的灯光。

上个周末，我回到家中。晚上，我正在看电视，母亲"啪"的一声把门口那只大灯泡打开了。刹那间，刺眼的光芒照得我睁不开眼睛。等了好久，也不见母亲关上。我便问母亲："妈，你开路灯干什么？"母亲看了看我，似乎恍然大悟，有些羞愧地对我说："哦，习惯了！我怕你晚上回来，在巷子里看不见！"

原来母亲每晚都为我亮一盏灯，每天都在期盼我回来。此时，泪水已无声无息地模糊了我的双眼……

母亲的灯光，母爱的光芒，照亮了我前行的路，也照亮了我回家的路！

父爱无边

亲情寄语

如果说父亲的爱是大海，那么儿女的爱至多也只能算得上是条小溪，与大海的浩瀚相比，小溪根本微不足道。

女孩每天早晨上班前，都要去父亲的住处，坐下来陪父亲喝一杯早茶。女孩的父亲每天都要做好早餐等着女儿，因为他不想让女儿不吃早餐就去上班。

在一个下雨的早晨，外面刮着冷风，女孩因为前一天晚上闹钟忘了定时而睡过了头，因此来不及去父亲那里吃早餐，于是给父亲打了一个电话，并做了解释。

"你真的不来了吗？"话筒里传来了父亲关切的声音，包含着一种明显的失望。女孩便向父亲保证："爸爸，我明天一定去看您，

真的。"

女孩匆匆下楼,正准备骑车向单位赶去时,发现冰冷的雨中站着孤零零的父亲,手里提着一只装着早餐的方便袋,如一座爱的丰碑伫立在那里。原来,女孩的父亲为了能够让女儿吃上早餐,接完电话便赶了过来。但是,他并没有上楼,而是默默地守候在女儿的楼下,因为他怕女孩坚持坐下陪自己喝早茶而耽误上班……

读好书系列

爱痕

我的母亲是一名普通工人,长年患病,病史几乎与我同龄。她身材瘦小,性格温柔却又倔强,看起来比实际年龄略显苍老。为了排遣母亲久病卧床的孤寂,在春暖花开的日子里,我用自行车驮着母亲到郊外散心。

郊外的景色真美啊!湛蓝的天空,像一池倒映的湖水;清新的空气,似醇酒的芳香,令人心旷神怡。我一边吃力地蹬着车,一边当导游,和母亲聊天。我的衬衫和后背贴在了一起,额头沁出一层汗珠。当爬上一道陡坡,准

亲情寄语

一道疤痕诉说着一个爱的故事,它是孩子对母亲的爱的最好见证。也许随着时间的流逝,那道疤痕可能会消逝,但是它镌刻在母亲心中的那份爱与感激却是一生一世的。

备跨越一条铁道时,我弯腰弓背,喘着粗气,小心翼翼地行驶。突然,车子在水泥的路基上颠簸了一下,我的身体失去了平衡。就在车倒人翻的一刹那,我猛地侧过头,用自己的身体挡住了母亲。母亲安然无恙,我却觉得眼前一黑,下颌被坚硬的铁轨磕伤,殷红的鲜血淌了下来。

母亲顿时落泪:"好孩子,妈难为你啦……"

我用手帕擦去母亲腮边的泪水,打趣地说:"磕破点皮,没关系。这不正好多了个'酒窝'吗!"母亲破涕为笑,笑声中包含着诚挚的母爱——至高无上的永恒之爱!

后来,我的下颌果然留下一道疤痕——充满人间亲情的爱痕。从这道值得自豪的爱痕上,我感悟到了做人的真正价值。

读好书系列

爱的针法

有一次,我在一位朋友家小坐,发现他给父母打电话的时候拨了两遍号码。第一遍拨过之后,铃响三声就挂断,再拨第二遍,然后通话。

"第一遍占线吗?"我随口问。

"没有。"

"是没想好说什么?"

"不是。"

"那干嘛拨两遍号?"

他笑了笑:"你不知道,我爸爸妈妈都是接电话非常急的人,只要听见铃响,就会跑着去接。有一次,妈妈为了接电话还被桌腿

亲情寄语

那位朋友对父母真挚而细腻的爱着实令人感动。其实,真正感动人心的爱,往往就体现在那些看似细微的小事上。而这些细小的爱积攒起来,就会变成一个大大的爱。

品味生活真谛的 真情故事

把小脚趾绊了一下,肿了很长时间。从那时起,我就和二老约定,接电话不准跑。我先拨一遍,给他们预备的时间。"

我的心十分受触动。平时都常说子女要如何如何孝敬父母,这个小小的细节,不就是对父母最真挚的疼惜吗?"爱"是一件大衣衫。衣衫要讲究式样、色彩、衣料,甚至时尚和流行的程度。但是,对穿衣服的人来说,更需要细密而熨帖的针法,才能让这件衣衫变得真正温暖舒适起来啊。

为了让父母多一份安全和从容,多拨一遍电话号码,这是一件再简单不过的事,可这件事就是充满爱的"针法"。

读好书系列

我的录音带

三年前的暑假，出于好奇，我录了几首自己演唱的歌，没有什么特别的意思，只是闲着无聊，而且我除了在录音时听过，自己从没另外欣赏过。不仅是因为录音效果不好，也是因为听自己的声音已二十几年，没有什么出奇的。于是，这盒录音带便孤零零地躺在抽屉里，除了我和父母，没有人知道它的存在。

四十余天的暑假一晃就过去了，我又开始了住校生活，只是在周末回家时与父母匆匆一聚。前几周都是在下午6点左右回家，

亲情寄语

父母可能不会把思念时常挂在嘴边，但是他们会把爱藏在心里。他们永远读不厌儿女的家信，他们永远看不够儿女的相片，他们永远听不够儿女的声音……作为儿女，有时间一定要常回家看看。

品味生活真谛的亲情故事

父母和从前一样在厨房忙碌着,而我偶然间发现那盒录音带摆放的位置有了一点点的改变。也许是母亲为我收拾抽屉时动了它……

又是一个周五,由于学校没有活动,我便早早回了家。当我上到六楼时,从楼上飘来了很模糊的歌声,正是我唱的那首《往事》。时间静止了,我的心也不像往日那样平缓地跳动了,只有那句"小河流,我愿待在你身旁,听你唱永恒的歌声,让我在回忆中寻找往日那戴着蝴蝶花的小女孩……"在回响。我的眼睛湿润了,从没有想过我不在家的日子里,父母会将对我的思念全部寄托在这盒录有我声音的磁带上。我在楼道里徘徊,不知该不该马上敲开这扇充满温馨的大门。音乐声渐小,我含着泪光敲开了房门。

91

读好书系列

"哄"母亲

亲情寄语

父母对儿女仅有的一点奢求就是儿女能多一些时间来陪陪他们。哪怕为他们做一件微不足道的小事，说一句无足轻重的话语，都会让父母感动至深。

今年暑假的时候，我去同学家，被同学母子间亲密的感情所触动，硬着头皮提起自己与母亲关系不太融洽的情况，同学的母亲笑了笑说："其实做母亲的最容易满足，关键看你会不会哄她。你母亲不是对跳舞感兴趣吗？"我迷惑不解，我母亲喜欢跳舞与我有什么关系？同学的母亲说："尝试着陪母亲去跳舞，你会发现想要的东西。"

吃过晚饭，母亲照例匆匆赶去广场学跳舞。她前脚出，我后脚跟上……盯着人群

中吃力地挪着臃肿身体的母亲，我忍不住觉得好笑，但可见她的一举手一投足都显示出她的努力，我继续躲在角落静观。

我的举动引起母亲一个舞伴的注意，母亲顺着她的指引发现了我，我不好意思地装作左顾右盼。母亲惊了一下，而后继续跳她的舞。休息时，一大群老太婆围过来问这问那。"要是我的儿子能来陪我跳舞，我会非常高兴的。"母亲的搭档说。母亲斜眼看我，浅浅一笑说："他大概只是偶尔好奇而已。"

我岂会放弃这好好表现的机会？此后，我尽量抽时间去看母亲跳舞，还时不时在一旁指导。母亲孩子气地说："看来老人也有虚荣心，儿子在一边，我的舞艺被迫长进不少。"我和母亲的关系就此也有了质的飞跃。

开学后，我还故意晚回家，步行至广场看母亲。母亲的舞伴见我背着书包风尘仆仆的样子，纷纷羡慕道："看看你的儿子，家不回，书包也不放就先来看你，跟你多亲，你最有福气了。"这时母亲还是很"倔强"，说："哪里哪里，他只是顺路来看我罢了。"可我分明看见隐隐的泪水在母亲眼眶中闪烁。

读好书系列

睡在肩头的爱

小时候,我是个"药罐子",三天两头打针吃药,亲戚朋友常带着我东奔西走,求医看病。

去年暑假,外公领着我去厦门看病。我们搭上了一辆长途汽车,我挑了个临窗的位置坐下,因为想看窗外的景色,而外公坐在我旁边,他说得花上一两个小时汽车才能到达厦门,叫我困的话先睡一会儿。

在车上,外公很少开口,只是偶尔问我渴不渴、累不累,我朝他摇摇头。

亲情寄语

祖孙两代人的彼此关爱让人感动,让人幸福。这种爱不需要语言的渲染,也不需要眼神的交汇,只需简简单单一个动作,那就是轻斜肩膀,不要惊醒肩头睡着的爱……

窗外,阳光明媚,公路两旁的建筑在我眼前一晃而过,令我眼花缭乱。看着看着,我就睡着了。

要下车时,外公将我推醒。我跟着外公下车,睡眼惺忪,只见外公不时地用手敲打肩膀,眼中流露出疲惫。我以为外公的风湿病又犯了。

看过病后,我们又搭上了一辆长途汽车回家。我依旧挑了个临窗的位置坐下,外公也依旧坐在我身边。

窗外,繁星点点,车上的人也寥寥无几。

外公一路上叮嘱我要按时吃药,告诉我要如何吃药,将医生的话重复了一遍又一遍,生怕我忘记,我默默地听着。

过了一会儿外公没有再讲了,我忽然感到肩头一重,侧头一看——原来外公累了,他在我肩上睡着了。

霎时间,我明白了外公之前的良苦用心:外公为了不吵醒在他肩头睡着的我而一路忍着酸痛。我的心弦被触动了。

看着年近古稀的外公,看着他头上斑斑的白发和额上深深的皱纹,无情的岁月,无尽的担忧,让外公苍老了许多。

我鼻子一酸,有点想哭的感觉。

但我不敢动,生怕惊醒肩上睡着的爱……

读好书系列

最大的心愿

有个儿子,他这一生最大的心愿就是让双目失明的母亲重新看到这个世界。

数年时间里,儿子领着母亲访遍名医、江湖郎中,结果母亲的双眼黑暗依旧。但是儿子并没有气馁,他听说在很远很远的地方有一座高高的雪山,雪山之巅有一个天潭,天潭里的水能使失明的眼睛复明。于是,儿子背着母亲,历经千难万苦,不知究竟走了多远的路,终于来到了雪山之巅。可就在距天潭不远的地方,儿子已经累得奄

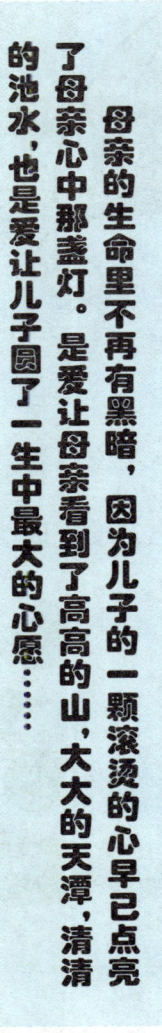

亲情寄语

母亲的生命里不再有黑暗,因为儿子的一颗滚烫的心早已点亮了母亲心中那盏灯。是爱让母亲看到了高高的山,大大的天潭,清清的池水,也是爱让儿子圆了一生中最大的心愿……

奄一息了，最后他还是撑不住倒下了。就在他混混沌沌之间，突然听到了母亲惊喜的声音："这山好高好高哟，天潭好大好大哟，池水好清好清哟！"

儿子安心地闭上了眼睛，那一瞬间，满世界的幸福都聚在了他脸上，但他永远不会知道，母亲的双眼依然如故。

读好书系列

父亲笑了

亲情寄语

父亲用爱「逼」我重新回到了学校，回到了真正属于我的人生轨道，这条轨道是我走向成功的必经之路。

每每看到今天的成绩，我都会想起我的父亲。如果当年没有父亲对我的严加管教，今天的我可能就是另外一个样子了。

那时，我上高二。父亲忙于生意，经常在外，一两个月才回家一次。也许是学习给我带来的压力，让我产生了辍学的念头。眼看又到了期末考试的时候，我不想再面对那种紧张的气氛，于是没有经过父母的同意，便偷偷地收拾书包，离开了学校。告别了书本，我感到前所未有的轻松。

回到家，我把自己辍学的决定告诉了母亲，她只是一味地哭，劝我去上学，可是我心意已决，

怎样都不肯去。母亲无奈,也只好默许了。那个寒假,同学们都在补课,只有我如同一只放飞的鸽子,自由极了。

临近过年,在外做生意的父亲回来了。当他得知我辍学的消息后,那神情简直像是要把我吃掉一样。从小就是乖乖女的我第一次和父亲顶了嘴。父亲给我做了好多思想工作,也请亲戚朋友来劝我,可我就是雷打不动,铁定一个想法——死活不念。

父亲最后也无奈了,对我实施了"冷战政策"。眼看着要过年了,别人家是喜气洋洋,唯独我家冷清得没有一点生气。

我家在东北,那里的冬天是很冷的。母亲让父亲去市场买米,父亲瞪着我说:"你不是不上学了吗?那待在家干什么?你去!"看着外面白茫茫的大雪,我忍住眼泪,穿上大衣,推着自行车出去了。那时我只有十六七岁,用自行车驮一袋一百斤的大米实在有些困难,但我还是在风雪中踉踉跄跄地把米驮了回来,那次母亲哭了。

读好书系列

过年前，每家都要把房屋彻底打扫一下，父亲把母亲赶到了三姨家，留下我一个人，说："你不是不上学了吗？那以后家里的什么事都得干，这打扫房屋的事你就包了吧！"说完，父亲走了，出门前，他还回头瞪了我一眼。

我从小被父母宠着，哪里做过这些事，可是为了与父亲斗气，我咬着嘴唇，拼命地干着。到了中午，我累得浑身酸疼，肚子也饿得咕咕叫，可是父亲和母亲谁也没回来，我坐在地上委屈地哭了起来。

天快黑了，父亲和母亲都回来了，看着满身灰尘的我，母亲又哭了。我也终于忍不住，在父母面前哇哇大哭起来。就在那一刻，我终于明白了父亲的良苦用心，同时也体会到了生活的艰辛。我走到父亲身边，抽泣着说："爸，我去上学！"

听到了我的这句话，父亲笑了，这是他回家后我看见他脸上的第一个微笑。

品味生活真谛的 亲情故事

101

读好书系列

死神也怕咬紧牙关

亲情寄语

在危难降临之时，玛丽心中只有一个信念，只要自己咬紧牙关，就一定可以保住丈夫的生命。这看上去简直不可能，但是玛丽做到了，是爱让她创造了奇迹。

罗伯特和妻子玛丽去登山，费了好大的劲儿，终于攀到了山顶。他们站在山顶上眺望，远处城市中白色的楼群在阳光下变成了一幅画。仰头，蓝天白云，柔风轻吹。两个人高兴得像孩子一样手舞足蹈。对终日劳碌的他俩来说，这真是一次难得的旅行。

悲剧就是从这个时候开始的。罗伯特一脚踩空，高大的身躯打了个趔趄，随即向万丈深渊滑去，周围是陡峭的山石，没有手抓的地

方。仅仅短暂的一瞬，玛丽就明白发生了什么事情。下意识地，她一口咬住了丈夫的上衣，当时她正蹲在地上拍摄远处的风景。与此同时，她也被惯性带向岩边。在这紧要关头，她抱住了一棵树。罗伯特悬在空中，玛丽牙关紧咬。

你能相信吗？两排洁白细碎的牙齿承担了一个高大魁梧躯体的全部重量。

他们像一幅画，定格在蓝天白云、大山峭石之间。玛丽的长发像一面旗帜，在风中飘扬。

玛丽不能张口呼救，一小时后，路过的游客救了他们。而这时的玛丽，美丽的牙齿和嘴唇早被血染得鲜。

有人问玛丽如何能坚持那么长的时间，玛丽回答："当时，我头脑里只有一个念头：我一松开，罗伯特肯定会死。"

几天之后，这个故事像长了翅膀一样传遍了世界各地。人们感叹，死神也怕咬紧牙关。

读好书系列

最严厉的惩罚

克利夫·巴罗斯是比利·布雷汉姆牧师团的负责人,他讲述了一个自己教育子女的故事。

当时他的儿子鲍比和女儿贝蒂还很小,做了错事。克利夫警告说,如果下次再犯,就要处罚他们。第二天下班,克利夫发现一对儿女故伎重演,根本没把自己的话当回事。克利夫很恼火,但看着孩子们可怜的样子又心软了,他不忍心处罚他们。

克利夫对我说:"鲍比和贝蒂都很小。于

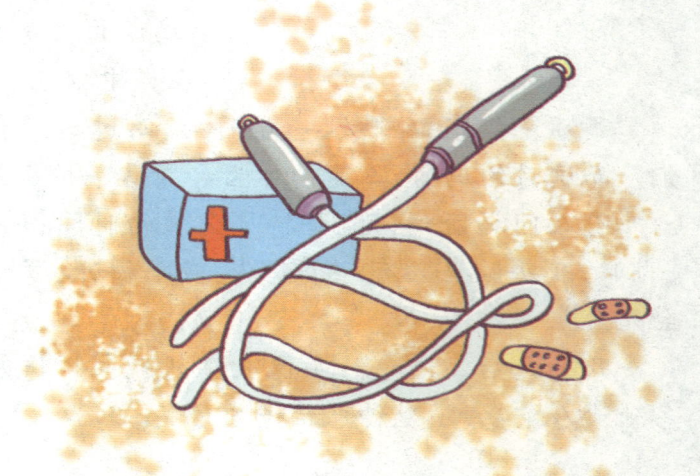

亲情寄语

父亲的自我责罚是对孩子们心灵的惩罚,这种惩罚是让人刻骨铭心的。孩子们明白了,要想尊重和爱戴自己的父亲,就绝对不可以再次犯错。

是我把他们叫进房间,然后我解下自己的皮带,脱下衬衫,光着脊梁跪在床前,让他们每人用皮带抽我10下。"

"你想像不到他们哭得有多伤心,那是发自内心的、悔恨的眼泪。他们不想抽打自己的父亲,但我们有言在先,犯了错就要受惩罚。我告诉他们,处罚是不可避免的,但作为父亲,我决定替他们承受。我坚持要他们用力打满20下。两个孩子边打我,边痛哭,比他们自己受到最严厉的惩罚时还难过。"

"从那以后,我再没打过鲍比和贝蒂,因为他们知道虽然我爱他们,但不会因此而忽视他们的错误,所以他们总是非常听话,不是怕被罚,而是出于对我的尊重和爱。"

读好书系列

人人都会变老

亲情寄语

我们小的时候，需要父母的保护；父母老的时候，需要我们的保护。小时候的我们会对着父母大喊大叫，而现在的父母却总是默默无语。请再多给自己的父母一些关爱，就像当年父母给我们的一样……

我一直以为，父母也应该跟我们一样能适应这个变化的世界，直到最近几年才知道，为了怕我们不耐烦，父母往往忍住了想说的话、想做的事。

那次，我们五姊妹凑了三个，决定陪爸妈去新加坡玩。在去的飞机上，老爸四小时都不愿如厕，任凭我们好说歹说，他依然如老僧入定一般，不肯起身。在每一站观光区，他也是万不得已才进男厕。

有一次，我观察到他小解很久才出来，看不到亲人的身影，先是向东搜寻，继而向西眺望，即使在这节骨眼上，他也不愿大喊大叫，

让子女感到没有面子。父亲站在人群中，一副魂不守舍的样子，眼巴巴地盼着女儿出现。

我终于了解，父亲出门在外不愿如厕的原因。以前不懂事的小外孙常笑他连纽扣都不会扣，真慢，真笨！简单的一件事，为什么老人家就是做不好呢？我们还未经历过，当然难以理解，年纪大了，有时候手脚会不听使唤。

这之后的行程中，我根本无心玩乐，只要看到老爸表情稍有异样，便好说歹说强行带着他到男厕，自己则守在男厕外头。起初老爸感到万分不自在，后来就渐渐习惯了。

回程飞机上，我陪老爸去洗手间，他忽然低声对我说："其实我不会锁飞机上的厕所门。"我拍拍他的肩膀，告诉他"没关系"，却暗暗地感到心酸。

我很想立即告诉同行的妹妹，下次出游，把各自的老公也带来，可以多尽一份孝心，也很想告诉没有同来的妹妹，钱财日后都赚得回来，唯有父母健在安康，又能带着远游，这才是为人子女最大的福分，还想告诉老爸，如厕问题解决了，我们下次可以飞去更远的地方。

一趟旅行带给我许多感触，原来老爸老妈已经变了，不再是以前那"强壮的臂膀""温暖的避风港"，原来一直帮我扛着头上那片天的巨人，也会变老……

读好书系列

不准打我哥哥

亲情寄语

亲情会让同根的血脉连接在一起，它会在顷刻间爆发出无穷的力量。这种力量是不可阻挡的，是可以超越一切的……

刚上小学的时候，每到放学，我总喜欢拖着弟弟，偷偷摸摸溜到小学的沙坑玩沙。

有一天，在这个有欢笑有汗水的沙坑中，发生了一件令我毕生难忘的事。那是一个比我高一个头的小子，大声嚷嚷，怪我弟弟侵犯了他的地盘，我站在沙坑外边看着弟弟紧抿着双唇，睁着大眼睛瞪着他，我幸灾乐祸地看调皮捣蛋的弟弟会怎么整他。

那个小学二年级的小子看我弟弟不理他，开始有点生气了。他上前一步，二话不说就朝弟弟的胸前用力推了一把，弟弟那瘦小

的身躯就像纸扎的,向后跌倒在地上。来不及细想,我就发狠地冲过去,整个身体朝那小子撞上去,两个人滚倒在沙坑中。

他把我的头朝下压在地上,用拳头猛捶我的身体,然后伸脚向我踹过来,结结实实地踢在我的脸上!我被踢得往后滚了一两圈才坐起来,这时映入我眼帘的是弟弟惊恐的表情。我顺手抹了一下脸,血!满手掌的血!我呆住了,不知道该怎么办,脑袋一片空白。

"不准打我哥哥!"

我抬起头,看见弟弟站在我的面前,他两只手臂张得开开的,成大字形挡在我身前,脸上的泪还没有干,鼻子一抽一吸的……

"不准打我哥哥!"他大声地说了第二次。

我看着那个平时供我使唤,调皮捣蛋的小鬼头,胸口有种莫名的悸动。不知何时,那个恶狠狠的小子已离开了。

我站起来去牵弟弟的手,他站在那不动,我把他拉过来,他紧紧闭着双眼,泪水从他长长的睫毛涌出。他只是流着泪,却不哭出声,口里喃喃地说:"不准打我哥哥!"

原来有些感情是不必言语却会直接用生命去保护的……

自己开门

亲情寄语

父亲用他「无情」和「冷酷」的爱让孩子学会了独立，学会了不要依靠他人。因为能够真正帮助自己走完一生的人只有自己。

那年我5岁，那晚寒风凛凛。

已经记不清到底因为什么惹父亲发脾气了，只记得他一怒之下把我拎到了屋门外面，然后一句话也不说就插上了门闩。

屋门外，漆黑一片，什么也看不到。寒风刮到脸上，又冷又疼。站在黑暗中，所有可怕的东西仿佛一瞬间从四面八方涌来，奶奶常讲的专吃小孩的黑狸猫，爷爷见到过的拐卖小孩的疯老人，还有村里我最害怕的屠夫。就在我最害怕的那

一刻，邻居家的狗不知为什么歇斯底里地叫起来，我"哇"地哭了出来。

以往，不管什么原因遭到父亲的训斥，只要我一哭，奶奶就会护着我。我以为这次我的哭声依然能招来奶奶，让奶奶用她温暖的棉袄把我抱回去。但是，我嗓子都快哭哑了，依然没有听到奶奶的脚步声，只听到父亲的吼声："就会哭，今天没人给你开门。"

父亲的话让我明白，哭已经无济于事，如果奶奶已经被父亲说服，那么家里已经没有人敢给我开门了。

想到这里，我止住哭声，开始使劲推门。那时候屋门是两扇对开的，使劲推能推开一个小缝，伸手就能够到门闩。我使出吃奶的力气推门，并把手伸进去，够着门闩，一点一点地挪动，也不知过了多长时间，门终于被我弄开了。走进院子里，我看到了奶奶、父亲、母亲，还有脸上流着泪的小姑。

长大以后我才知道，那晚奶奶并不是没有听到我的哭声，小姑也已经走到了门后，母亲还因为此事和父亲吵了起来。但父亲阻挡了所有人对我的帮助，他说："让她自己开门进来。"

也正是那晚的独自开门，让我渐渐独立起来，也让我明白：任何人的帮助只能是一时而不是一世的，想回家，必须自己开门。

读好书系列

最贵的项链

店主站在柜台后面,百无聊赖地望着窗外。一个小女孩走过来,整张脸都贴在了橱窗上,出神地盯着那条蓝宝石项链看。

她说:"我想买给我姐姐。您能包装得漂亮一点吗?"店主带着怀疑打量着小女孩,说:"你有多少钱?"

小女孩从口袋里掏出一个手帕,小心翼翼地解开所有的结,然后摊在柜台上,兴奋地说:"这些可以吗?"她拿出来的不过是几枚硬币。

她说:"今天是姐姐的生日,我想把它当作礼物送给她。自从妈妈去世以后,她就像妈

亲情寄语

那条漂亮的项链不仅仅是用几枚硬币买来的礼物,同时还有小姑娘一颗真挚而善良的童心,和对姐姐深深的爱。这份爱是金钱所买不到的。

112

妈一样照顾我,我相信她一定会喜欢这条项链的,因为这条项链的颜色和她眼睛的颜色一样。"

店主拿出了那条项链,装在一个小盒子里,用一张漂亮的红色包装纸包好,还在上面系了一条绿色的丝带,对小女孩说:"拿去吧,路上小心点。"小女孩满心欢喜,连蹦带跳地回家了。

在这一天的工作快要结束的时候,店里来了一位美丽的姑娘,她有一双蓝色的眼睛。她把已经打开的礼品盒放在柜台上,问道:"这条项链是从这里买的吗?多少钱?"

"本店商品的价格是卖主和顾客之间的秘密。"

姑娘说:"我妹妹只有几枚硬币,这条宝石项链却货真价实,她买不起的。"

店主接过盒子,精心将包装重新包好,系上丝带递给了姑娘:"她给出了比任何人都高的价格,她付出了她所拥有的一切。"

读好书系列

"最""笨"的逃生方式

一幢砖木结构的居民楼着起了大火,居民们正在纷纷外逃的时候,木质楼梯却被烧塌了。楼上还有九个居民困在里面,烈火和浓烟把这些人逼到了这幢楼的最顶层,四楼。

这时,消防队赶来了,但由于这片老住宅区巷子太窄,消防车和云梯车都开不进来,灭火工作一时受阻。眼看大火一点点向四楼蔓延,被火围困的居民正面临着生命的危险。此时,什么样的救援都来不及了。

亲情寄语

女人犹豫,是因为她不知道怎样跳才不会伤到孩子。选择头朝下的方式跳下来,对她来说,是最危险,而对她肚子里的孩子来说,却是最安全的!把最危险的留给自己,把最安全的交给孩子,这就是天底下的母亲时刻在做或者准备做的选择。

情急之下，消防队长随手抓过逃出来的一个居民披在身上的旧毛毯，摊开，让手下几个人拉着，然后大声地冲楼上喊："跳！一个一个地往毛毯上跳！背部着地！"只有背部着地，才是最安全的，而且毛毯太旧，背部着地受力面大些，毛毯才不容易被撞破。

站在四楼护栏最前面的，是一个穿着大衣的妇女。无论队长怎么喊叫，她就是犹豫着不敢跳。楼下的人急得直跺脚，冲楼上大喊："你不敢跳就先让别人跳。"

那妇女让开了。一个男人来到了护栏边，在众人的鼓励下，他跳了下来，动作虽不太规范，但总算是屁股着地，落在毛毯上，毫发无伤。接着，第二个，第三个，第四个……第八个，都跳下来了，动作一个比一个到位，都是背部着地，落在毛毯上，什么事也没有。

楼上只剩下那个女人了，可她仍在犹豫。楼下的人拼命地催促她。终于，她下定了决心，跨过护栏，弯下腰来，头朝下，摆了个跳水运动员跳水的姿势。

读好书系列

队长大声吼道:"背朝下!"但那女人毫不理会,头朝下,像一发炮弹笔直地撞向毯子。由于受力面太小,毯子不堪撞击,"嗤"的一声破了,她的头穿过毯子,撞到了地面上。

"怎么这么笨啊?前面有那么多人跳了,你学也应该学会了嘛!"队长看着那个头上鲜血淋漓、气息奄奄的女人说道。此时,那个女人的脸上却露出了一点苍白的笑意,她抚了抚自己的肚子,有气无力地说:"我只有这样跳,才不会……伤到我的……孩子。"

队长这才看到,女人是个孕妇。

女人断断续续地说:"如果我不行了,就让医生取出我肚子里的……孩子,已经……九个月了……我没……伤着他,能活……"所有的人顿时肃然起敬,人们这才明白,这女人为什么犹豫,为什么选择这么"笨"的方式跳下。

品味生活真谛的 亲情故事

读好书系列

难忘那双融满深情的鞋

大四最后一个学期开始时，全系家庭条件最困难的林，拎着一个鼓鼓囊囊的包回来了，他给本寝室的每位同学带了一份不同寻常的礼物——手工缝制的布鞋。

细心的林事先悄悄地量了大家的鞋码，所以每个同学拿到的鞋，穿上去大小都非常合脚，很舒适。

平时穿什么都讲究名牌的凯，一边试鞋，一边坦言："林，有缘成为同学不容易，如果说以前大家都帮过你一把，那也是理所应当的，你不用老是惦记着怎样回报大家。"

大家也都随声附和着凯，说同学之间友情最重。

亲情寄语

最珍贵的礼物不在于它本身的价值，而在于它是否触动人的心灵。林送给每位室友的布鞋虽然比不上名牌鞋，但它们是林双目失明的母亲倾注了自己的心血一针一线缝制出来的，它们是无价的啊！

林感激地说："大家的真情我记在了心里，我也知道大家今后也许很少有穿这种鞋的场合，但这是我母亲的一份心意，她多次念叨着一定要送份礼物，给经常关心自己儿子的同学……"

"难为她老人家做这么多鞋，要费多大的工夫啊！"林上铺的钧一句话提醒了大家，大家这才想起林的母亲患有先天性双目失明。

"哦，没什么，是她非要做的，她先用积攒了许久的碎布，糊了一张又一张的袼褙，一针一针地纳了鞋底，又自己摸索着铰了鞋样，起早贪黑地飞针走线，赶了几个月做成了这8双布鞋。"尽管林的叙述是那么平淡，但大家眼前还是不禁浮现出远方山区的老人家细心缝制布鞋的情景。

寝室里一片静默。大家再次不约而同地把目光投向自己手里的布鞋，不由感叹，原来自己手里拿着的是一份弥足珍贵的礼物啊！

那天，全寝室的同学都郑重地换上了那双舒适的千层底布鞋，一起走进校园。面对众多同学惊讶的目光，大家的眼里流露着无以掩饰的自豪。

接着，大家又穿着布鞋照了张合影，随后，又都小心翼翼地把鞋放进了自己的箱子里。他们说，这么珍贵的鞋，实在不忍心把它穿坏了。

如今，作为林的室友之一，每当我换一双新鞋的时候，总是禁不住想起一直没舍得穿的那双布鞋。每当我想起那双鞋时，一股暖暖的柔情，仿佛从脚底涌来，瞬间便涌注了全身。我暗暗地告诉自己——既然曾穿过那样一双融满深情的鞋，就应当把今后的路走好……

读好书系列

儿子与母亲的谎言

亲情寄语

随着儿子渐渐长大，他的谎言中开始一点点渗透着对母亲的爱。但是儿子的谎言总能被母亲识破，因为母亲付出的爱永远是最多的，哪怕牺牲自己的生命，也要换取孩子的幸福。

孩提时，儿子张着小手对母亲说："妈妈，我腿疼。"母亲急忙抱过儿子，问："乖，哪儿疼？"怀里的儿子，蹬了蹬小腿，一脸得意地笑着说："噢，不疼了。"母亲明白了：儿子是想让她抱。这是孩子对母亲撒的第一个谎。

少年时，儿子对母亲说："妈妈，老师又要资料费了。"母亲把压在枕头下叠得整整齐齐的一沓钱拿出来，放到儿子手里。儿子接过钱，飞快地跑了。在烟雾缭绕中，孩子看见了母亲的脸。母亲没有打他，也没有骂他。可孩子面对母亲的眼神，感到了深深的自责。那些钱都是母亲起早贪黑卖小吃，甚至捡破烂挣来的，自己却用它买了烟。这是孩子对母亲撒的第二个谎。

青年时，儿子在信中说："妈妈，我在这儿找到了一份家教，这个假期我不回家了。"开学

了,黑瘦的儿子站在学校的公用电话旁对母亲说:"工作挺轻松的,每天只上三个小时的课,就能挣五十块钱。这一个假期,我挣了一千多块钱,您就不用再给我寄生活费了。"电话那端,母亲已经泪流满面,其实她早已知道,儿子整个假期都在一家建筑工地做小工,每天要干十多个小时。这是儿子对母亲撒的第三个谎。

中年时,儿子早已成了家,母亲却病倒了。病床前,儿子说:"妈,您的病一定能治好的,您就安心治疗吧。"其实,母亲患的是癌症,医生说至多能活三个月。这是儿子对母亲撒的第四个谎。

母亲说,自己不习惯医院的环境,如果再让她待在那里,她宁愿去死。无奈,儿子只好把母亲接回家,保守治疗。在家里,母亲天天都是一副很快乐、很满足的样子。儿子也悄悄地松了口气,让母亲能够快乐地度过最后的时光,这也很不错。

母亲去世三年后的一天,儿子见到为母亲治病的医生。讲起母亲,儿子说:"还好,我的母亲自始至终都不知道她患的是癌症,在她最后的时间里,还算快乐。"可医生却说:"其实你的母亲早已知道自己的病情,她不想让你为她背上一大堆外债,所以她坚持不住院治疗,也不让我用最好最贵的药。她的快乐,也是为了让你相信,她在家疗养同样很好。你的母亲,真的很爱你。"

听完医生的话,儿子泪流满面。

读好书系列

父亲与25元钱

父亲好不容易进一次城,我陪他看过高楼大厦后,又打车去一处风景区玩。下车时,父亲看见我给了司机20元,就说:"坐一会儿车怎么要这么多钱?"我说:"不多,这已经是最便宜的了。"

从风景区出来后,父亲不肯坐车了。但从风景区到家有10千米,走回家那还不得累死?我还是叫了一辆出租车。父亲见我不听他的话,就生气地自己走了。我问司机要多少钱,司机说最少要25元。我预先付钱给司机说:"等一会儿见到我父亲,你就说只要两块五毛钱。"司机问

亲情寄语

25元钱,勾起了司机对自己父亲的怀念。原来,天下的父亲都一样,他们舍得为儿女付出一切,却舍不得儿女为他们付一次打车钱。

我为什么要骗父亲，我说："我父亲刚从乡下来，他心疼钱，死活不肯坐车。"司机愣了一下才说："好吧。"司机把车停到父亲身边，我叫父亲上车，父亲却要我下车。司机说："大叔你上来吧，我顺路捎你们回去，只收两块五钱。"父亲这才上了车，一个劲儿地谢司机。

司机一路跟父亲说话，把我们送到家门口时，还亲自给父亲打开车门。等父亲下了车进了屋后，司机又把我叫回到身边，将那25元还给我说："这钱，你拿去买一瓶酒给大叔喝吧。"我莫名其妙地问："你为什么不要钱？"司机说："因为你的父亲太像我的父亲了，我父亲进城后也是心疼钱，不肯坐车。"我问："你父亲还好吧？"司机说："他走路回家时，被车撞了……"

司机眼里涌满了泪水，默默地开车走了。那25元钱，我至今还保存着。

读好书系列

生命时钟

朋友的父亲病危,朋友从国外给我打来电话,让我帮他。我知道他的意思,即使以最快的速度,他也只能在四个小时后赶回来,而他的父亲,已经不可能再挺过四个小时。

赶到医院时,见到朋友的父亲浑身插满管子,急促地呼吸着。床前,围满了悲伤的亲人。突然,朋友的父亲变得狂躁不安,双眼紧闭着,双手胡乱地抓。我听到他含糊不清地叫着朋友的名字。每个人都在看我,目光中充满着无奈的期待。我

亲情寄语

假如他的儿子在五小时后才能赶回,那么他能否继续挺过一个小时?会的,一定会的,生命的最后一刻,亲情让他不忍离去。悠悠亲情是每一个世人的生命时钟。

124

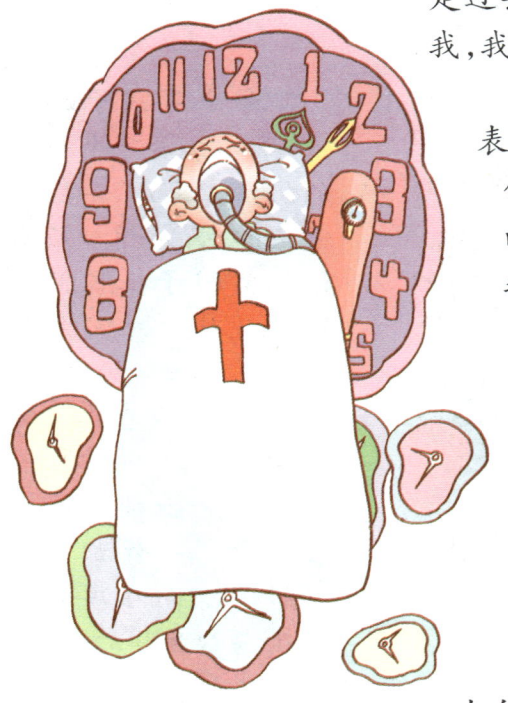

走过去，轻轻抓起他的手，我说："是我，我回来了。"

朋友的父亲立刻安静下来，表情也变得安详。但过了一会儿，他又一次变得狂躁，他松开我的手，继续胡乱地抓。我知道，我骗不了他，没有人比他更了解自己的儿子。于是我告诉他，他的儿子现在还在国外，但四个小时后，肯定可以赶回来。我对朋友的父亲说："我保证。"

我看到他的亲人们惊讶的目光。但朋友的父亲又一次安静下来，然后他的头，努力向一个方向歪着，一只手急切地举起。我注意到，那个方向的墙上，挂了一个时钟。我对朋友的父亲说，现在是一点十分，五点十分时，你的儿子就会赶来。朋友的父亲放下他的手，我看到他长舒了一口气，尽管他双眼紧闭，但我仿佛可以感觉到他期待的目光。

每隔十分钟，我就会抓着他的手，跟他报一下时间。四个小时被一个个十分钟整齐地分割，有时候我已经感到他即将离去，却总被一个个的十分钟唤回。

朋友终于赶到了医院，他抓着父亲的手，他说："是我，我回来了！"我看到朋友的父亲紧闭的双眼里流出了两滴满足的眼泪，然后，静静地离去了。

朋友的父亲，为了等待他的儿子，为了听听他儿子的声音，挺过了他生命中最后的，也是最漫长的四个小时。每一位医生都说不可思议。

125

读好书系列

和父亲掰手腕

每个男孩子的面前，都站立着一个强大的父亲。父亲，是现实意义的，又是精神层面的。男孩子征服世界的欲望从战胜父亲开始。

儿时，我喜欢与父亲掰手腕，总是想象着父亲的手腕被自己压在桌上，一丝都不能动弹，从而在虚幻中产生满心胜利的喜悦。

可是，事实上，父亲轻轻一转手腕，就将我的手腕压在桌上。他是那么轻而易举，像抹去蛛丝一样轻松。直到我面红耳赤、欲哭无泪，父亲才心满意足、收兵罢休。

亲情寄语

与父亲的每一次较量，都是一次挑战。在一次次的挑战中，他变得成熟，开始长大。这时的他才明白，当年父亲为何从不让着他，因为父亲在告诉他，胜利要靠自己的实力去拼，世界上没有任何一个对手会愿意输给你。

126

本想得到父亲的安慰，可是父亲每每都指着门前的一棵树："臭小子，想跟我较劲，除非你能将门前的那棵树掰弯！"

于是，我从十岁一直掰到十三岁。最开始那棵树纹丝不动，渐渐地树叶乱晃，直到后来树向我弯腰臣服。在这期间，有与父亲的"明争"，更有与树的"暗斗"。直到有一天，我竖起胳膊，意外地发现自己瘦如丝瓜般的胳膊上，竟长出了肌肉。

我喜出望外，郑重地举起瘦瘦的胳膊，向父亲发出挑战。我一点点地将父亲的手腕压下去。然而，到了关键时刻，父亲又迅速地将我的手腕压了下去，这次我沮丧得哭出声来。母亲走过来，嗔怪地问父亲："你比孩子大还是比孩子小？你就不能让他赢一次？"

"让他？"父亲翻翻眼睛，"除了我能让他一次，这个世界，没有第二个傻瓜会给对手一次赢自己的机会。"

但在我的力量足够强大之前，我十三岁那年，父亲就病故了。

这十几年来，我没少跟一些人和事掰手腕——与时间、与困境、与失败、与沮丧，甚至与自己。时而输，时而赢。靠的全是信心、毅力、耐力和实力，没有一次心存侥幸，赢得明白，输得坦然。因为，我心里明白：即便是自己的父亲，一旦成为对手，他都想赢你；这个世界上，没有谁愿意输给你，哪怕一次！

读好书系列

地震中的父与子

1989年,美国洛杉矶一带发生了一次特大地震。在这次地震中,一位年轻的父亲幸免于难。他在混乱的废墟中,安顿好受伤的妻子,便冲向他7岁儿子的学校。

在他眼前,昔日充满孩子们欢声笑语的漂亮的三层教室楼,如今已变成一片废墟。他顿时感到眼前一片漆黑,大喊:"阿曼达,我的儿子!"跪在地上大哭了一阵后,他猛地想起自己常对儿子说的一句话:"不论发生什么,我总会和你在一起!"他坚定地站起身,向那片废墟走去。

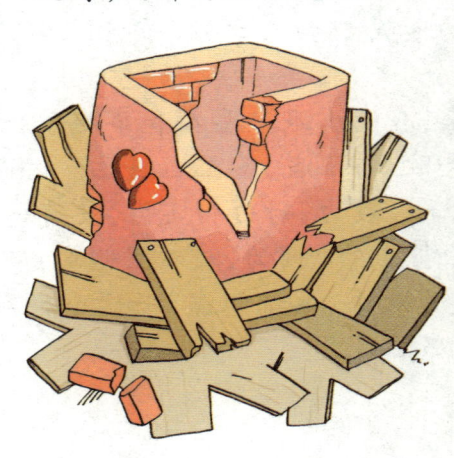

他知道儿子的教室在楼的一层左后角处。他疾步走到那里,开始动手。在他清理挖掘时,不断有孩子的父母急匆匆地赶

亲情寄语

一句承诺让父子两颗心紧紧地连在一起。正是这个承诺,让父亲坚信自己的儿子仍然活着。其实,世界上没有什么不可能,只要信念还在,只要爱还在,就会出现奇迹。

128

来,看到这片废墟,他们痛哭并大喊"我的儿子!""我的女儿!"。喊过后,他们就绝望地离开了。有些人上来拉住这位父亲:"别费力了,他们已经死了。"这位父亲双眼直直地看着这些人,问道:"谁愿意来帮助我?"没人给他肯定的回答,他便埋头接着挖。

警察走过来说:"我知道你很难过,难以控制自己,可这样不只对你自己,对他人也有危险,马上回去吧。"

"你是不是来帮助我的?"

人们都摇头叹息着走开了,都为这位父亲因失去孩子而精神失常了。但这位父亲心中只有一个念头:"儿子在等着我。"

他挖了8小时、12小时、24小时、36小时,没人再阻挡他。他满脸灰尘,双眼布满血丝,浑身上下破烂不堪,到处都是血迹。到第38小时,他突然听见底下传出孩子的声音:"爸,是你吗?"

是儿子的声音!父亲大喊:"阿曼达!我的儿子!"

读好书系列

"爸,真的是你吗?"

"是我,是爸爸!我的儿子!"

儿子告诉同学们不要害怕,说只要他爸爸活着就一定能救出大家。因为爸爸说过,不论发生什么事,都会和他在一起!

"现在怎么样?有几个孩子活着?"

"这里有14个同学,都活着,我们都在教室的墙角,房顶塌下来架了个大三角形,我们没被砸着。"

父亲大声向四周呼喊:"这里有14个孩子,都活着!快来人!"

过路的几个人赶紧上前来帮忙。50分钟后,一个安全的小出口被开辟了出来。父亲声音颤抖地说:"出来吧!阿曼达!"

"不,爸爸,先让别的同学出去吧!我知道你会跟我在一起,我不怕。不论发生了什么,我知道你总会跟我在一起。"

最后,这对了不起的父子在经过巨大灾难后,无比幸福地紧紧拥抱在一起。

品味生活真谛的 亲情故事

读好书系列

母亲与儿子的账单

亲情寄语

母亲永远是这个世界上付出最多、索取最少的人。她对孩子的爱不图回报,她的爱无怨无悔。与这份伟大的爱相比,我们所做的一点小事又算得了什么呢?

吉姆的爸爸是个生意人。有时,吉姆也会到爸爸的店里去帮忙,比如帮他到邮局寄一些账单之类的。

有一次,吉姆忽然想出了一个主意,开一张收款账单寄给他的妈妈,索取他每天帮妈妈做家务的报酬。一天,妈妈发现在她的餐盘旁边放着一份账单,上面写着:

母亲欠儿子吉姆的款项如下。

洗碗 2 美元

倒垃圾 1 美元

132

认真做作业3美元

浇花2美元

共计:8美元

吉姆的母亲收下了这份账单,无奈地摇了摇头,什么也没说。

第二天一早,吉姆起床后,发现自己的枕边放着8美元。吉姆高兴地把钱放在了口袋里。可是他发现下面,还有一张折叠的纸。吉姆打开一看,发现也是一份账单。上面写着:吉姆欠他母亲的款项如下:

辛苦地生下你0美元

每天做可口的饭菜0美元

每天送你去上学0美元

生病的时候照顾你0美元

共计:0美元

吉姆看着母亲的账单,羞愧极了。过了一会儿,他怀着一颗怦怦直跳的心,蹑手蹑脚地走近母亲,将脸蛋藏进了妈妈的怀里,小心翼翼地把那8美元塞进了她的围裙口袋。

读好书系列

生命的代价

亲情寄语

爱可以洗刷一个罪恶的心灵。为了给儿子做一面镜子，这位父亲最终改邪归正，用生命的代价，给儿子做出了正义的榜样。这种父爱是值得我们尊敬的。

很多年前，美国芝加哥有一个罪大恶极的人叫阿尔·卡彭，他从走私到谋杀，干尽了所有的坏事却总能逍遥法外，因为他有一个人称"铁齿埃迪"的大律师。

埃迪伶牙俐齿，精通法律条文，他的如簧之舌让卡彭一次又一次摆脱牢狱之灾。卡彭为了感谢他，不仅给他很高的报酬，而且还分给他可观的红利。埃迪因此过上了灯红酒绿的奢侈生活。

埃迪虽然铁石心肠，但他也有柔软的地方，那就是他的儿子。他深爱他的儿子，希望他拥有世界上最好的一切——最好的衣食、最好的汽车、最好的教育。为此，他愿意付出一切。尽管他不遗余力庇护坏人，但他还是希望儿子将来能走正道。然而，他发现，要让儿子走正道，他有两样东西始终无法给予——好名声和好榜样。

经过一番思想斗争，终于有一天，埃迪决心改邪归正。他向警方揭露了卡彭的滔天罪行。

　　埃迪洗清了自己的罪恶之身,让儿子看到了一个正义、诚实的父亲。可是他付出的代价也是巨大的。一年后,他在芝加哥的大街上,遭到了卡彭同伙的枪杀。他用生命给了儿子最珍贵的礼物。

读好书系列

向父亲说声谢谢

亲情寄语

习惯了父亲为我们所做的一切,也习惯了不再对他们说『谢谢』。其实,一句简单的『谢谢』既传递了对父母的爱和感恩,又温暖了他们的心。

一次,父亲和我带着儿子去动物园。当看到两只猴子在荡秋千时,儿子格外兴奋。这时,不知是谁突然扔出一瓶可乐,两只猴子立刻停下玩耍,拼命去争抢在地上滚动的可乐。儿子好像记起自己也口渴了,说:"爸爸,我口干,我也想喝水。"

我一边应着:"好,我们一起去买。"一边拉着儿子准备离开猴山。儿子却仍旧紧抓栏杆:"不,爸爸,我还要看猴子。"父亲站在我们旁边,对我说:"我去买,你

在这儿陪豆豆吧。"看着父亲蹒跚离去,我喊:"爸,多买一瓶吧,我也有些渴了。"

小卖店离得不远。父亲回来,将一瓶水递给我,我拧开瓶口递给儿子,由他自己去喝。随之我取过父亲手上的另一瓶水,几口就消灭掉一半。父亲看我将瓶盖拧回去了,一伸手,水瓶又回到他手上去了。这是老习惯了,往往全家人一同出来游玩,六十多岁的老父亲俨然是大半个"勤杂工"。儿子还仰头抱着瓶子"咕咚咕咚"猛灌,虽然喝声很响亮,其实才吞下去一点。好一阵之后,儿子将瓶子递还我手上,与此同时他凑到我脸颊亲了一口,亲亲密密地说:"爸爸,我喝饱了,谢谢爸爸。"

不知为何,我心里忽然起了些许波澜,我想起自己忘了一句话。我刚拧好第二瓶水,父亲的手又伸到我面前了:"你照看好豆豆吧,我去放生池旁坐会儿。"父亲指指放生池,那里有一排石椅。我稍一迟疑,喊他:"爸……"父亲正转身欲走,听我喊他,回头问:"还要买什么吗?我去。"我摇头,轻声说:"爸,谢谢您了。"

父亲什么也没说,停顿了半秒,还是朝放生池走去。可我觉得他有些混浊的眼睛仿佛很亮地闪了几下。我再一次学着我儿子,对着老父亲的背影在心里悄悄喊了一声:"谢谢爸爸。"

读好书系列

价值20美金的时间

一位爸爸下班回到家已经很晚了，他很累并有点烦，但发现他五岁的儿子靠在门旁等他。

"爸爸，我可以问你一个问题吗？"

"当然可以，什么问题？"父亲回答。

"爸爸，你一小时可以赚多少钱？"

"这与你无关，你为什么问这个问题？"父亲生气地说。

"我只是想知道，请告诉我，你一小时赚多少钱？"孩子哀求着。

"假如你一定要知道的话，我一小时赚20美金。"

"喔！"小孩低着头这样回答。小孩接着说："爸爸，可以借我10美金吗？"

父亲发怒了，"如果你问这问题，只是要借钱去买毫无意义的玩具或东西的话，给我回到你的房间好好想想为什么你会那么自私。我每天要花长时间辛苦工作，没时间和你玩小孩子的游戏！"

亲情寄语

工作再忙，也要挤出时间多陪陪家人和孩子，因为他们也是你生活的一部分，他们更需要你的爱和关心。不要让与家人共进晚餐变成他们的一种奢求和渴望。

小孩安静地回到自己的房间并关上门。

这位父亲坐下来后还对小孩的问题感到生气,他怎么敢为了钱而问这种问题?一小时后,他平静下来了,开始想着他可能对孩子太凶了,或许他应该用那10美金买小孩真正想要的,因为他不常向自己要钱用。

父亲走近小孩的房间并打开门。"你睡了吗,孩子?"他问着。

"爸爸,我还没睡,还醒着。"小孩回答。

"我想过了,我刚刚可能对你太凶了。"父亲说着,"我将今天的闷气都爆发出来了,这是你要的10美金。"

小孩笑着坐了起来,"爸爸,谢谢你。"小孩说。接着,小孩从枕头下拿出一些被弄皱了的钞票。这位父亲看到小孩已经有钱了,想要再次发脾气。

这个小孩慢慢地算着钱,接着,看着他的爸爸。

"为什么你已经有钱了还需要更多?"父亲生气地问。

"因为我之前不够,但我现在足够了。"小孩回答。

"爸爸,我现在有20美金了,我可以向你买一个小时的时间吗?明天请早一点回家,我想和你一起吃晚餐。"

读好书系列

因为那是我的孩子

亲情寄语

母爱可以让一个普通的母亲超越极限，创造奇迹。对一个母亲来说，只要是为了孩子，一切的不可能都将成为可能。

在安第斯山脉生活着两个敌对的部落，一个生活在山下的洼地，另一个则生活在山上。一天，生活在山上的部落突然对生活在山下的部落发动了侵略，他们不仅抢夺了山下部落的大量财物，还绑架了一户人家的婴儿，把他带回到了山上。

可是，山下部落的人们不知道怎样才能爬到山上去。他们既不知道山上部落平时走的山路在哪里，也不知道到哪里去寻找山上

部落,甚至不知道如何发现他们留下的踪迹。

尽管如此,他们还是派出了他们部落中最优秀、最勇敢的战士,希望他们能够爬到山上,找回孩子。

他们尝试了一个又一个的方法,搜寻了一个又一个可能是山上部落留下的踪迹。经过了几天的艰苦努力,尽管他们用尽了所有他们能想到的办法,才前进了几百英尺。他们感到所做的一切努力都是无用的、没有希望的,于是他们决定放弃搜寻,返回山下的村庄。

正当他们收拾好所有的登山工具准备返回时,却看到被绑架的孩子的母亲正向他们走来,而且是从山上往下走。他们简直无法想象她是怎么爬上山的。

待孩子的母亲走近后,他们才看清她的背上用皮带绑着那个他们一直在寻找的孩子。真是不可思议,她是怎么找到孩子的?这群部落中最优秀、最勇敢的战士全都迷惑不解。

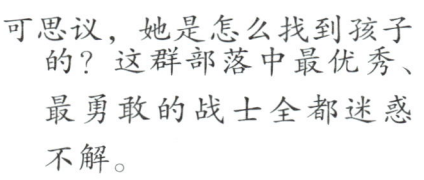

其中一个人问孩子的母亲:"我们是部落中最强壮的男人,我们都不能爬到那么高的山上去,你为什么能爬上去并且找回孩子呢?"

孩子的母亲耸耸肩,平静地答道:"因为那是我的孩子!"

读好书系列

妹妹留给我的月饼

亲情寄语

曾经我们还小，如今我们都已长大了，手足亲情把我们的心连在了一起，让我们懂得了要用爱去面对生命中最亲的人。

我比妹妹大7岁，父母以为我们俩相差这么多就不会打架了，可是恰恰相反，从小一直吃独食的我面对一个突如其来的妹妹，心里总觉得她抢走了爸爸妈妈对我的爱和我爱吃的零食。

我十分清楚，那时的我很不懂事。当时妹妹才5岁，还是一个懵懂的小孩子，我却总是和她抢吃的、抢玩的，经常把她惹哭。那是一个中秋节，妈妈买回两盒月饼，妹妹看见了，把两盒月饼都抱在怀里，脸上笑得比花还灿烂。我看

见她得意的样子，一下子就火了，二话不说就把月饼抢了过来，妹妹哭了。妈妈狠狠地骂了我一顿，说妹妹还小，要我让着她点。最后，我还是妥协了，把其中一盒月饼分给了妹妹，但内心还是不服的。

时隔多年，我已经考上了大学，常年在外上学。今年的十一长假我回家了，妹妹见我回来高兴极了。第二天我刚醒来，就见妹妹抱着一个用围巾包裹得严严实实的盒子，神秘地走到我的床前说："姐，你猜是什么？"我揉了揉惺忪的眼睛，摇摇头。她打开盒子，我才发现，原来里面是两块包装精美的月饼。妹妹说："姐，这是张叔叔前几天拿来的月饼，可好吃了，里面还有蛋黄呢！姐，我知道你爱吃月饼，这是我的那一份，我没吃，给你留着呢！"

我的眼泪"唰"的一下流了下来，不由得想起了小时候和妹妹抢月饼的事。其实我并不爱吃月饼，那时只是为了和妹妹争宠、争尖，觉得自己抢到手了，就会很满足。现在想想，我觉得很对不起妹妹，她小时候，我没能像姐姐一样照顾她，反而处处欺负她，惹她哭。

"妹，你小时候，我总欺负你，你还记得吗？"我擦擦眼泪问。"咳，我早忘了，那时我们不都小吗？再说了，我也没少气你呀！"妹妹说。

我含泪点点头，接过妹妹递给我的月饼。我轻轻咬了一口，香香甜甜的，还有一点涩涩的味道。

读好书系列

一块钱的奇迹

亲情寄语

一个善良纯真的小女孩为了能让弟弟好起来,用一块钱来买奇迹。此刻,她手中的一块钱已经变成了无价之宝。最终,小女孩的信念打动了好心人,从而拯救了弟弟。是的,真正拯救了弟弟的就是小女孩的信念。

女孩只有6岁,她还有一个尚在襁褓中且病重的弟弟。弟弟躺在婴儿床里,女孩闻到了桌上的药味。爸妈告诉她,弟弟病得很重。她并不清楚弟弟到底得了什么病,也不知道他病重到什么程度,不过她知道弟弟总是哭。她踮起小脚看了看婴儿床里的弟弟,轻声地对他说:"弟弟,别哭了。"弟弟竟然奇迹般地不哭了,盯着姐姐看,眼中还泛着泪光。她牵起他的小手,看着他嫩嫩的手指。满是汗水的手指求救般地抓住她的一根指头,女孩安慰地紧握了一下。

这时,她听到父母在隔壁房里说话。女孩虽然只有6岁,但她知道,当大人压低声音说话时,就是在讨论重大的事情。女孩十分好奇,她亲了亲弟弟,踮起脚尖轻轻地走到门边去。她父亲说:"开刀太贵了,我们付不起。我最近连药费都付不了。"她母亲回答:"现在只能靠奇迹来救他了。"

女孩疑惑着:"奇迹是什么?他们怎么不去

144

弄一个来？"她跑进房间，从存钱筒里拿出仅有的一块钱，她要去买个奇迹给弟弟。女孩跑到对街的超市，收银台前的队伍排得很长，女孩插队进去，但大家并不介意，有些人甚至还觉得好笑。第一个和这个脸红扑扑的小女孩说话的人是收银台前的收银员。他面带笑容地问道："小姑娘，你要买什么吗？"女孩说："我要买个奇迹。"收银员似乎有些惊诧，他说："对不起，要什么？""嗯，我弟弟病得很重，我要给他买个奇迹。"收银员一头雾水。

　　正在这时，一个穿着体面的男士问："你弟弟需要什么样的奇迹？"女孩似乎找到了救星，急忙答道："我不知道，我爸妈说弟弟病得很重。他需要动手术。"那位男士弯下身，示意要她走近一点。他问："你有多少钱？"女孩说："一块钱。"男士拿起一块钱，说道："我想，奇迹大约就是这个价钱，我们去看你弟弟。也许我有你需要的那个奇迹。"

　　几个月后，女孩见弟弟已经能够健康地在婴儿床内玩耍。她的父母正和那位穿着体面的男士交谈，原来他是位知名的神经外科大夫。女孩的妈妈说："大夫，我们还是不知道手术费是谁付的，你说是位匿名的好心人，他一定花了不少的钱。"

　　医生心想：没有，只花了一块钱和一个小女孩的信念。

读好书系列

天堂里的 眼睛

有一个男孩,他与父亲相依为命,父子感情特别深。

男孩喜欢橄榄球,虽然,在球场上常常是板凳队员,但他的父亲仍然场场不落地前来观看,每次比赛都在看台上为儿子鼓劲儿。

整个中学时期,男孩没有误过一场训练或者比赛,但他仍然是一个板凳队员,而他的父亲也一直在鼓励着他。

当男孩进了大学,他参加了学校橄榄球队的选拔赛。能进入球队,哪怕是继

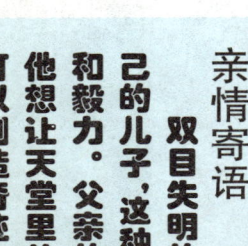

亲情寄语

双目失明的父亲用他默默无闻、无声无息的爱去鼓励和支持着自己的儿子,这种看似平常的父爱,给男孩带来了无穷无尽的信心、勇气和毅力。父亲的离去,让男孩悲痛万分,但他并没有因此而放弃,因为他想让天堂里的父亲真正地用双眼去看自己创造奇迹。原来,爱真的可以创造奇迹。

146

续当板凳队员他也愿意。人们都以为他不行，可这次他成功了——教练挑选了他，因为他永远都是那么用心地训练，同时还不断给别的同伴打气。

但男孩在大学的球队里，还是一直没有上场的机会。转眼就快毕业了，这是男孩在学校球队的最后一个赛季了，一场大赛即将来临。

那天，男孩小跑着来到训练场，教练递给他一封电报，男孩看完电报，突然变得沉默。他拼命忍住哭泣，对教练说："我父亲今天早上去世了，我今天可以不参加训练吗？"教练温和地搂住男孩的肩膀，说："这一周你都可以不来,孩子,星期六的比赛也可以不来。"

星期六到了，那场球赛打得十分艰难。当比赛进行到四分之三的时候，男孩所在的队已经输了10分。就在这时，一个沉默的年轻人悄悄地跑进空无一人的更衣间，换上了他的球衣。当他跑上球场边线，教练和场外的队员们都惊讶地看着这个满脸自信的男孩。

"教练，请允许我上场，就今天。"男孩央求道。教练假装没有听见，今天的比赛太重要了，差不多可以决定本赛季的胜负，他当然没有理由让最差的队员上场。但是，男孩不停地央求，教练终于让步了，觉得再不让他上场实在有点对不住这孩子。"好吧。"教练说，"你上去吧。"

147

读好书系列

很快,这个身材瘦小、从未上过场的球员,在场上奔跑、过人、拦住对方带球的队员,简直就像球星一样。他所在的球队开始转败为胜,很快比分打成了平局。就在比赛结束前的几秒钟,男孩一路狂奔冲向底线,得分!赢了!男孩的队友们高兴地把他抛起来,看台上球迷的欢呼声瞬间爆发!

当看台上的人们渐渐走完,队员们沐浴过后一一离开了更衣间,教练注意到,男孩安静地独自一人坐在球场的一角。教练走近他,说:"孩子,我简直不能相信,你是个奇迹!告诉我你是怎么做到的?"

男孩看着教练,泪水盈满了他的眼睛。他说:"你知道我父亲去世了,但是你知道吗,我父亲根本就看不见,他是失明的!"

"如今父亲在天上,他第一次能真正地看见我比赛了!所以我想让他知道,我能行!"

品味生活真谛的 亲情故事

149

读好书系列

珍藏的父爱

里昂总认为瘸了一条腿的父亲是平庸的,他甚至不明白母亲为什么会嫁给他。一天,全市举行篮球比赛,里昂是队里的主力,他非常希望妈妈能去观看,于是向妈妈发出了邀请。

妈妈笑着说:"傻孩子,即使你不说,我和你爸爸也会去为你加油的。"里昂摇了摇头说:"不,妈妈,我只想让您一个人去。"妈妈有些生气:"为什么?你嫌弃你爸爸?就因为你爸爸是残疾人?怕他给你丢脸?"

正在里昂不知如何回答的时候,他的爸爸走过来,说:"这几天我出差,有什么事你们俩商量着办就行了。"

比赛很快结束了,里昂的队伍最终得了冠军。回家的路上,母亲很高兴,对里昂说:"要是你爸爸知道你们得了冠军,他也一定会很高兴的。"里昂沉下脸,对母亲说:"妈妈,这个时候我们不要提他好吗?"

母亲无法接受儿子如此的语气,于是生气地说:"你不可以这样对待你的爸爸,他不是

亲情寄语

一个如此伟大的父亲,宁愿独自忍受儿子对他的鄙视和冷漠,也不愿将实情告诉儿子,怕影响他的健康成长。人世间恐怕也只有父母才能这样不计付出,不图回报。

150

一个平庸的人！"母亲缓和了一下情绪，接着对儿子说："本来你爸爸不让我说这些事，可是现在我必须说出来。因为再继续下去，你会把你爸爸伤得更深。你知道你的爸爸是怎么瘸的吗？那是你两岁的时候，有一天你爸爸带你去公园玩，在回家的路上，你左右乱跑，这时有一辆汽车急驰而来，你父亲为了救你，左腿被碾在了车轮底下。"

里昂被母亲的话惊呆了，他没有想到自己一直鄙视的父亲，竟是为了救自己的生命才伤了左腿。母亲又说："还有一件事，我也应该告诉你，你父亲就是布兰特，你最喜欢的作家。"里昂激动地跳了起来，说："不可能，我不信！""不信你可以去学校问问你的老师！"母亲说。

里昂疯狂地跑到学校，向老师问个清楚。老师回答他："是的，你妈妈说的都是真的，你爸爸不让我们透露这些，是怕影响你成长，既然你现在已经知道了，那我不妨告诉你，你爸爸是一个伟大的人！"

两天后，父亲回来了，里昂问父亲："你就是大名鼎鼎的作家布兰特吗？"父亲愣了一下，然后笑着说："我只是写小说的布兰特。"里昂激动地拿出一本书，递到父亲的面前说："那您给我签个名吧！"父亲停顿了片刻，然后拿起笔，在那本书的扉页上写下：赠予里昂，生活其实比什么都重要。——布兰特。

读好书系列

大爱而弃

常常想起朋友给我讲的一个故事,关于母爱,关于抛弃。

这是朋友遇到的一个真实的故事。那是朋友家的旧邻,是一对母子。孩子的父亲在一次车祸中去世了,母亲一个人带着男孩。还好,母亲在一个效益好的单位当经理,生活还算宽裕。母亲对孩子自小失去父亲很愧疚,所以非常宠孩子。就是这个蜜罐里泡大的男孩,到了20多岁还不会照顾自己。

就在这一年,男孩的母亲出事了。医院检查结果出来,上面赫然写着"癌症晚期"。她已经没有多少时间照顾孩子了。母亲走出医院

亲情寄语

母爱有体贴入微的关爱,也有让孩子学会立足社会的博爱。前者能让孩子切身体会到母爱的温暖,而后者会让孩子在痛与磨炼中逐渐成长,从而在社会上真正立足,学会生存。

152

的大门后,就将化验单撕得粉碎,丢在了路边。

　　那天,男孩又很晚才回家,母亲突然大发脾气,说他太令她失望了。男孩感到很诧异,自己平常不都是这样吗?但是紧跟着的就是母亲琐碎的唠叨。后来男孩很生气地和母亲顶起嘴来,最后,母亲拿出5000块钱递给儿子,决绝地将他逐出了家门,说:"你去吧,有本事就自己养活自己去。"男孩从来没有受到过这种打击,于是一气之下,走出了家门,决心自己闯荡。

　　半年之后,男孩经历了很多磨难,终于自立起来,成

读好书系列

了坚强的男子汉。而此时的他忽然意识到自己以前是多么不懂事,让母亲如此辛劳操心,于是决定回家去给母亲道歉,希望母亲能重新接纳自己。

当他回到家的时候,出来迎接他的不再是慈爱的母亲,而是我们这些邻居和亲戚。他的母亲已经在三个月之前辞世,留给他的只有一份家产和一封遗嘱。

遗嘱中,母亲告诉他之所以抛弃他,只是为了让他能学会自己照顾自己,在自己死去之后,能好好生活下去。

他幡然醒悟,在母亲的墓前泪洒一地。

站在他身后的人们也泪流不止,他们大概也都明白了一种爱的深意:许多时候,小爱为惜,而真正博大的爱是忍痛抛弃。